在座寫輕小說的各位，全都有病
U0028721

在座寫輕小說的各位，全都有病 1

目錄

第一話　與外星怪男締結寫作關係

「好！以後你就是我的奴隸……呃，就是我的徒弟了。
「為了方便稱呼，之後你就叫做『弟子一號』，一切都要聽我的話，懂嗎？」
「……」
「我說往東，你不能去西；我說東西南北都不准去，你也得乖乖聽話。」
「……師父，那我就無處可去了。」
「蠢材！我的弟子一號竟然說不到三句話就使我蒙羞，你難道不會往天上飛？」
我不敢再說，即使明知人類無法憑空飛起。
面前的少女擅自決定了一切，她的言語中蘊含壓倒性的魄力，讓人升不起反駁的念頭。
教學大樓頂樓的風很大，帶著海水特有的腥鹹之氣，吹動了少女的銀色長髮，髮絲飄揚撩亂。
連原本讓人充滿慵懶氣息的夏日涼風，此刻都變了模樣。
我，柳天雲，現任弟子一號，原本只是一個普通的高二男生。

不禁開始懷念起，自己曾經擁有、卻不懂得珍惜的美好日常……

在成為「弟子一號」的半小時前。

C高中的所有人，一同經歷了這輩子最離奇荒謬的體驗。

足以籠罩整座C高中的巨大黃色光罩，自高空投射而下，不偏不倚地將校園圈起，與其餘土地做出了分隔。

接著，事情發生了——

強烈的暈眩感僅維持了一秒鐘，五感恢復正常時，往外一望，原本處於市鎮鬧區的C高中，已經孤零零地置身於海島中心。這是一座多半沒被標示在地圖上的狹小島嶼。

島非常小，方圓不會超過一公里，如果身處高處，往外眺望就能看見蔚藍的大海。

「……」我坐在三樓窗戶旁，最早看見大海，第一時間先掐了掐臉頰，藉著疼痛感來確認是不是在作夢。

教室裡做出這種舉動的人不止我一個。原本正在黑板上寫字的國文老師、皺著眉頭抄筆記的班長、正在偷偷吃零食的偷懶傢伙，乃至全班四十七人，都有類似的行為。

不如說，包含我在內，所有人都在拒絕理解現實。

就在這刻，一陣刺耳的引擎聲響起。

在眾人的驚叫聲中，一艘呈橢圓形的龐大飛碟，毫無遮掩、沒半點顧忌地降落在教學大樓前的空地，然後艙門打開，十幾名藍眼藍耳的奇怪人類陸陸續續走了下來。

不止長相特殊，他們連衣著也穿得亂七八糟——燈籠褲配襯衫，或是運動上衣搭西裝褲，就像從超市隨便抓幾件衣褲套上身體，根本不去管整體的搭配感。

接著，一名臉上有著數道長條血痕、似乎是首領的男人，手中拿著近似麥克風的物體，朗聲道：「地球人，你們好。」聲音遠遠傳了出去，響遍了整座校園。

「我們是晶星人，從你們的角度來看……那就是外星人。今天請你們過來這裡，當然是有事要跟你們商量。」

晶星人……請我們過來商量？我驚訝地嘴巴微張，他竟然用這麼客氣的說法。不過更讓大家驚嚇的是「外星人」這三個關鍵字。

這完全是赤裸裸的綁票！

「晶星人正面臨前所未有的困境，我們無計可施，否則也不會綁架你們這些地球人。」

這會兒終於肯承認是綁架了嗎！

他想了想，繼續說了下去：「地球有一句話怎麼講……我想想，無事不登八寶粥？」

其實是無事不登三寶殿吧……

「我不想多費脣舌，地球人，請你們先看這一段影片。」

隨著他的話語落下，飛碟投射出一片方形光幕，開始播放預先錄製好的影片。

C高中數百名師生擠在窗戶前，共同看著廣場上播放的離奇電影。

火勢。

壯闊漫天的火勢！

焦紅的火焰沖起數百公尺高，那是不能單純以火災來形容，已經達到「浩劫」程度的恐怖業火。

仔細一看，這場浩劫的燃料，竟然是數十萬本封面各異、平鋪在地面的輕小說。

如此大火，本來就已經少見……奢侈到以輕小說做為燃料，更是前所未聞。

「嘻哈哈哈哈，給我燒，再丟一萬本輕小說下去！

「這麼難看的東西，只有當燃料的價值！」

以大火為背景，在尖銳的狂笑聲中，一名手持帶刺長鞭、身穿黑色馬甲與吊襪帶的少女，用力往地上抽了一鞭，製造出「啪」的一聲脆響。

然後她轉過身，面對一群半跪在地上的男人。

或者說，男性晶星人。

黑色馬甲跟吊襪帶布料極少，少女身上露出大片雪白的肌膚。隆起得恰到好處的乳溝、整片裸露的背脊，僅僅被吊襪帶以幾條布料遮掩的修長美腿，使少女能充分感受到被人注視的羞恥感。她似乎感到無比興奮，渾身散發征服的貪慾。

少女的深紅色波浪捲髮直垂到腰，面目冷豔，一對細長的鳳眼滿含鄙視，顧盼之間豔光四射。在強烈的火光照射下，她極為豪放地張開雙腿，站成了「大」字形。

「你們這些廢物，到底有沒有認真找！

「就你們這副蠢樣，也好意思自居『晶星人皇家侍衛隊』？」

少女逼視著眾人，接著「啪」的一聲拉直鞭子。

「是不是要女皇我……用大腿夾過你們豬玀般的腦袋，用鞭子打遍你們骯髒的身體，才會醒悟過來！」

半跪在地上的侍衛中，其中一個似乎比較大膽，注視著女皇，道：「女皇大人恕罪，我們知道您最近迷上了地球人的輕小說。

「女皇您做為晶星人最高意志，我們皇家侍衛隊替您辦事一向盡心盡力，只是這

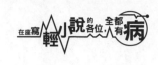

次真的無計可施……輕小說是地球特有的文化，市面上所有的存貨都已經搬來，就在剛剛被您燒得一乾二淨。」

聽完屬下的話，女皇充滿危險意味地瞇起雙眼。

「照你的意思……這是本女皇的錯囉？

「嘻嘻……嘻哈哈哈哈哈！」

一邊玩弄著長長的波浪捲髮，女皇慢慢靠近那位半跪的皇家侍衛，接著用豐腴的大腿夾住了他的頭顱。

「唷，豬玀就是豬玀！如果學不會閉嘴，那本女皇就親自幫你。」

女皇像一朵妖豔又帶刺的玫瑰，跪著的侍衛被刺得遍體鱗傷，卻又不敢逃跑，只能臣服於石榴裙下。

「對於你們這群沒用的廢物，我已經感到膩了。」

說到這裡，她像是忽然想通了什麼，恍然大悟地一拍侍衛的頭。

「對了！把你們全部革職，換一批肯替我找書的侍衛來，這樣就沒問題了！」

侍衛們聽了，頓時亂成一團。

「請女皇陛下三思！」

「女皇陛下這萬萬不可，我們晶星人皇家侍衛隊，是前陛下親自為您挑選的，不可換啊！」

「請收回成命！」

女皇輕哼一聲，似乎十分享受這些人的恐懼，露出嗜虐的笑意。她在人群裡四處走來走去，不時用鞭柄敲敲他們的腦袋。

過足了乾癮後，女皇以手掌摸著臉頰，露出思考的表情：「那，該怎麼辦呢……」

女皇轉過身，面向那高達數十公尺的大火堆，舔了舔嘴唇，彷彿自跳動不定的火光中尋找到答案。

「我以晶星人第九十七代女皇的身分命令你們……去地球找出最有趣、最華麗、最精采……跨越想像之壁的輕小說來吧！

「在送來滿意的輕小說之前，我不會處理任何國事，只會吃喝玩樂。」

她將偷懶的理由說得冠冕堂皇，卻沒有一名皇家侍衛敢反駁她，又或是提出建言。

「找不到的話……就照三餐讓你們這群豬玀嘗嘗女皇的調教。」

在眾人惶躁不安的注視下，女皇帶著恐怖的笑意，兩邊嘴角向左右橫伸，扯出一道新月般的笑靨。

「肯定——會很快樂的哦？」

影像在一群晶星人的驚恐表情中結束。

如果要確切形容那些人的表情，大概就是「恐怖電影裡被喪屍咬中的配角」那種感覺，充斥著絕望與懼怕，還有滿滿的痛苦。

「懂了嗎？地球人。」為首的晶星人表情陰沉，「我們尊貴的女皇迷上了輕小說，偏偏你們又寫不出像樣的作品來，害我……咳，害我們整天被虐待，所以晶星人只好出此下策。

「我不是很瞭解地球人，連現在的交談內容都要透過機器即時翻譯，不過聽說青春期是地球人最多愁善感的年齡……那麼，你們想必能寫出最有趣的輕小說吧。

「包含這所C高中在內，我們一共綁架了A、B、C、D、E、Y六所高中校園，再利用我們的高科技處理後續情況，保證不會有任何地球人產生尋找你們的念頭。」

……我無言，認為與其以「多愁善感」這種帶有藝術性的詞來形容高中生，不如說胡思亂想更貼切。還有為什麼A、B、C、D、E高中之後就跳到Y高中了？

接著，我忽然認出了他就是最大膽、首先開口勸阻女皇的皇家侍衛，雖然穿著不同，五官卻是一樣的。

沒有第一時間將他認出，完全是因為他臉上那幾道鮮紅浮腫的鞭痕，稍微掩蓋了他的整體容貌。

這時，倒楣的皇家侍衛似乎是想起了被鞭打時的恐懼，摸了摸臉頰，表情更加堅定。

「所以說，地球人唷！」

皇家侍衛大張雙臂，以高傲的姿態做出宣告。

「為了逼你們寫出最棒的輕小說，一年後，你們A、B、C、D、E、Y六所高中將聯合進行輕小說比賽，每所高中派出三位代表，進行最終決戰！

「當然，毫無青春氣息的地球人成熟個體，也就是那些被你們稱為『師長』的無趣存在，禁止成為代表。

「奪得最終冠軍的學校，三位代表擁有將作品呈給女王賞析的資格，能讓女王滿意的話，該學校就會被釋放回人類社會；除此之外，獲得女王賞識的代表還能分別獲得實現一個願望的機會！從你們的角度而言，晶星人可以說是無所不能的——我們能讓人類長生不老、青春永駐，又或是拿到花不完的財富！

「而落敗的其餘五所學校……很可惜，晶星人不會給予失敗者寬容，將全部處死。

「……但是呢。」他說到這，一頓，「如果獲勝學校的代表呈上的作品不夠好，被女王拋開燒掉，那就是六所學校的人一起淘汰。」

皇家侍衛語調一緩，仔細審視教學大樓那些探出頭來的學生，像是在檢查這些

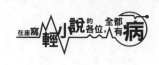

地球人到底可不可靠。

「加油，地球人，別再害我被……咳，使出渾身解數創造輕小說，解救晶星人的危機吧！」

晶星人駕駛著飛碟離開了。

他們走得瀟灑，卻在身後的C高中所有人心中，留下了巨大的驚嘆號，還有問號。

我們整所學校共一千四百多人，這一年要吃什麼過活？飲水呢？真的沒有逃跑方法嗎？

為什麼非得挑高中生不可？他難道真的以為憑多愁善感就能寫出好書？

不過我隱約能猜到原因。

從晶星人胡亂搭配服裝看來，他們很明顯不懂地球的文化，或者說不懂地球人——晶星人急就章式的想法，與任性妄為的行動，導致了現今的局面。

整個校園在短暫的靜默後，頓時亂成一團，那是連師長也不能控制的巨大浪潮。

「……一年後輸了的話，處死？」

「他是說處死我們嗎？C高中整整一千多人？」

如壞掉的留聲機般，有人喃喃重複著這樣的話，呈現呆滯狀，完全無法接受現實。

對死亡感到畏懼的，往往是對現世還有留戀的人。

C高中扣除師長，絕大多數都是高中生，正處於人生最精采繽紛的時期，正一步步跨往璀璨的未來——

對青春期的少年來說，死亡這詞原本離他們極為遙遠，現在卻被晶星人宣稱「一年後輸了比賽，全都得死」，死亡忽然變得近在咫尺，任誰也無法從容接受。

「不可能！處死是怎麼回事？我要回家！手機呢？打電話叫外面的人來救我們！」

「會不會是電視上常見的惡作劇節目？是吧……是吧？」

議論紛紛。

——肉眼可見的恐懼纏繞在每個人身上，像牛皮糖般膠著，甩也甩不去。顫抖的話聲反而產生了連鎖效應，讓氛圍更加凝重。

手機無法撥通，不管怎麼嘗試也無法與外界的人聯繫。神奇的是，與校內的人進行通話或傳簡訊，手機就不會失靈，能夠順利使用。

或許是晶星人以某種高科技手法，強行把所有通訊器材限定在校園範圍內使用，導致了這樣的結果。

連通訊範圍一併操控，電視節目的惡作劇，不會這麼大手筆……手機的測試結果，也讓眾人的恐慌逐漸升溫。

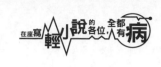

目前距離六大高中之戰，還有一年期限。

對樂觀的人來說，是還有一年。

……而對悲觀的人來說，就是「只剩下一年」。

晶星人的飛碟走後，看熱鬧的人潮已經離開窗戶旁，教室角落靠窗的位置，又重新變回專屬於我的座位，讓我享有片刻寧靜。

「……」

七月將臨，原本過幾天學校就要放暑假，大多數人將在兩個月內留下一身晒痕、手機裡增加數不清的出遊照，或是懷抱著憧憬對喜歡的人告白，此時情況卻急轉直下，反差之大，猶如從天堂直墜地獄。

在一片雜亂的教室中，同學們湊在一起討論著不著邊際的閒話，只有我還坐在位置上，以旁觀者的無聊眼神四處游移，彷彿事情與我無關。

身為C高中的一分子，我當然也受到了死亡威脅，但由於沒有可以說話、一起緊張，又或者說稱之為「朋友」的對象，所以嚴重缺乏參與感。

由於父母工作需要，在高中二年級上學期開學後不久，我們家便搬遷到C高中附近——為了通勤考量，我在開學後一個月，透過轉學考試，考進了C高中。

身為轉學生的我，發覺班上早已形成一個個小團體，就像已經瓜分好地盤的動物那樣。

如果想要中途融入一個團體，大多數人會露出諂媚的笑臉試圖接近大家，少數閃閃發亮的中心人物，則會以更強的姿態自立群體。

我沒有中途融入別人團體的打算，亦沒有自立群體的才能，所以我一直是獨自一人，在熱鬧的人群外，默默打量著開心談笑的同學們。

至今為止，我在C高中內的孤獨日子，已經持續了接近一年，而在將迎來暑假的這天，C高中卻被晶星人毫無商量餘地的綁架了……

我打了個哈欠。

面對晶星人的威脅，其實我並不是非常緊張。C高中這麼大，總會有人想出解決方法吧。

就在我托著腮，無聊地打量著外面的大海時，忽然一隻手抓住了我的後衣領。

「！」然後將我用力往後拖。

我跌跌撞撞地站起身，一不小心踢倒了椅子，驚嚇地扭頭往後一看——是一名嬌小的銀髮少女，正用力拽著我往教室門口走。

那背影很陌生，不是班上的人。

「妳是誰？」我試圖掙扎。

少女大概感受到了我的掙扎，半轉過頭露出清秀雪白的側臉，以輕蔑的神態注視著我，就好像在看一隻該死的蟑螂那樣，甚至不屑回答我剛剛的蟑螂提問。

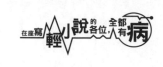

我看清了她的長相。

少女柔滑的銀色長髮直垂到腰際，有著不含一絲雜質、純淨的天藍色雙眸，細細彎彎的眉毛此刻不滿地揚起，雪白的瓜子臉滿含鄙視——即使是這種近乎對敵專用、張牙舞爪的姿態，依舊能看出少女遠超常人的美貌。

少女輕漫於右眉旁的秀髮，夾著一枚金黃色的髮夾，左腰處則掛著造型奇特的小墜飾，讓我不禁將視線逗留其上——數個小面具被紅色細線穿成一串，紅線末端以絲線結成一掛飄盪的紅穗，位於最上的面具是紅紋狐面。

奇特的墜飾。

奇特的人。

在C高中，我沒有半個朋友，當然也不認識這名少女……又或者說美少女。

所以她忽然過來抓住我，完全沒有道理可言。

「那個……同學？」我小心翼翼，盡量讓口氣顯得不抱敵意：「請問妳為什麼要抓住我？」

我們一個拖人、一個被拖，已經身處教室門口，少女將我拖到這後，我就站定了。

少女的身材遠比我嬌小，我起身站穩之後她根本拖不動我。她又施了幾次力，卻只將我的衣服扯出皺褶。

於是，她果斷地放開抓住我衣領的手，轉過身，對我輕輕一笑。

那是足以讓男性瞬間陷入戀愛狀態的甜美笑容。

「……原來如此。」看見她的笑容，我馬上明白了笑容背後的真正涵義。

這位同學畢竟是女孩子，看見外星人難免驚慌，會有異常舉止，完全可以諒解。

這麼說來，我必須展現危急時刻的男子漢擔當，寬宏大量地原諒她的不當行為——扯皺了我的衣服而已嘛，那也沒什麼。

她現在對我展露笑容，很顯然是已經清醒過來，就像夢遊症患者霍然驚醒那樣，茫然不解之餘，又感到強烈的歉疚。

於是，我挺直腰桿，準備接受對方的道歉。

果然，我看見了銀髮少女上身微微前彎，將小嘴湊到我的耳邊，準備道歉。

「臭垃圾，給你臉，你竟然還不要臉。」

「別太自以為是啊，小心我讓你……永世不得翻身！」

拒絕接受訊息的大腦，使我第一時間沒能聽懂銀髮少女的話。

哼。

哼哼哼。

這樣啊……原來外星人的消息也驚嚇到我，導致耳朵出現了幻聽。

看來我必須回到我的角落專屬座位去，好好睡上一覺，養足精神，面對接下來

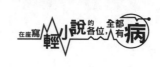

的艱苦挑戰……

我還沒來得及消化事實，銀髮少女又有了動作。

她伸出雪白的小手，牽起我的左掌，按在她並不大、形狀卻很美好的胸部上。

有生以來第一次觸摸女孩子的胸部，軟綿綿的感觸，讓我下意識輕輕捏了捏。

連續兩次的重大衝擊，讓我渾身輕飄飄的，彷彿置身於雲端，腦海一片空白。

「現在教室裡很亂，大家才沒注意這邊。」銀髮少女壓低了聲音，說到這裡，充滿誘惑性地舔了舔櫻脣。

「如果我現在大聲尖叫，集中所有人的目光，你將被視為『利用兵荒馬亂之際強行非禮女同學的惡棍』，馬上就會身敗名裂，成為C高中人人喊打的過街老鼠。

「再來，這裡已經成了孤島學園，你連家都沒辦法回，將二十四小時活在眾人的群體霸凌中。」

銀髮少女的嗓音與她的胸部一樣，帶著讓人心癢的柔軟感覺，不過話語的內容，卻是惡毒到讓我目瞪口呆。

也將我從迷惘狀態敲回了現實。

——惡鬼！

只有真正的惡鬼，才能用這麼溫柔的語氣，道出一般人完全無法置信的話來。

「你有兩個選擇。方案一，乖乖跟我來，你免費摸了美少女的胸部，什麼事都不

會發生；方案二，繼續掙扎抵抗，我大叫大嚷，讓你變成眾人眼中的人渣。

「五秒鐘內選一條路走，柳天雲！」她喊出了我的名字，進行恫嚇。

我震驚了。

這世上竟然有人可以做出如此無恥的發言？

怎麼看，都有一個選項充滿了鮮血與不祥氣息；而另一個選項也只是將死亡時間稍微延後而已，就像要在絞刑跟電刑中做出選擇那樣，哪個都令人無法忍受。

「……」

她知道我的名字，完全是有備而來。

並拋出了一個不算二選一的二選一。

不過……那又如何？

那又如何！

有一句話叫做「士可殺，不可辱」，我柳天雲豈能輕易屈從於威脅！

「……」

鄭重考慮過後，我翹高下巴，從高高在上的角度，睨視銀髮少女的俏臉。

我發現她雙頰升起紅暈，顯然讓同齡男生這樣占她便宜，她還是十分害羞，只是倔強地想掩飾真相。

「我叫做柳天雲。」

「我知道。」少女很不耐煩。

「柳是象徵不屈的楊柳；天雲……是義薄雲天的顛倒寫法。」

「所以？」她哼了一聲。

「話已經說到了這個地步，妳難道還不懂嗎！」我乘著心中的執念，森然道：「我柳天雲，怎麼可能會屈服於妳！」

銀髮少女瞧著我，臉蛋一歪，像是發現了什麼新奇事物。

「柳同學，你好像自認這樣說話，非常酷？」

當然，簡直狂猛酷帥屌炸天……我將這句話藏在心裡。為了配合臺詞，我雖然穿著短袖制服上衣，還是非常有高人風範地一甩想像中的袖子。

「我很想弄清楚一件事……」銀髮少女視線慢慢下移，接著道：「你的手，直到現在還放在我的胸部上，為什麼說話能這麼理直氣壯？」

「我心中無愧！」我淡然道，以空著的手，又是用力一拂袖。

「你手掌一共收緊揉了七次，我算得清清楚楚，好一個義薄雲天，好一個心中無愧！」

我也算得明明白白，加上她說話時的追加次數，其實是八次。

銀髮少女漲紅了臉，也不知道是被揉胸的害羞，還是怒到氣血上湧。

我正要繼續發話，少女這時卻冷冷打斷了我。

「夠了！身敗名裂，然後去死吧，柳天雲！」

視覺上，我看見她深深吸了一口氣。

觸覺上，我的手掌感覺到她的胸脯因吸氣而高高鼓起。

猶如暴風雨前的風雲醞釀。

猶如落雷前的暴烈電光！

再傻的人，也知道眼前的銀長直美少女，接下來將要做出的舉動。

——大聲尖叫！

這一刻……終於來了嗎？

從少女知道我的名字來推斷，這絕對是事先預謀、刻意設下陷阱給我跳的行動，而我也「不小心」觸發了八次陷阱，現在情況已經沒有轉圜餘地。

但……士可殺，不可辱。

處於抉擇的命運岔道，身為男人，註定得做出壯烈的選擇！

「妳究竟想侮辱我到什麼地步！」我彷彿看見自己置身於銀髮少女帶起的幻象風雨中，迅速將手從她的胸口收回，雙手負在背後，以絲毫不輸給她的壓迫感，怒然開口。

「妳給我聽好了！」

隨著我的話語，帶起飽滿到直欲漲裂的氣勢！

「我選方案一，乖乖跟妳走。」

銀髮少女原本已經吸到極限的一口氣，忽然像被戳破一個洞的氣球那樣，不自然且怪異地洩掉，接著咳嗽不止。

「咳咳……哈……哈……你這傢伙……」銀髮少女用像是想在我身上穿洞的憎恨眼神，盯著我不放，一邊氣憤地喘著大氣。

有一句話，叫做「士可殺，不可辱」。

……但也有一句話，叫做「識時務者為俊傑」。

如此而已。

如此而已！

「帶路！」我淡然。

「還裝模作樣，去死吧！」銀髮少女先將手臂後甩到極限，接著用盡全力往我肚子摜了一拳。

我身受重擊，身軀雖搖搖欲墜，卻沒有倒下。

接著，我以手背擦了擦嘴角，露出淡淡微笑。

「妳能損壞我的身軀，卻汙衊不了我高潔的精神。」

「你根本就沒有吐血，擦什麼嘴角！」銀髮少女抓狂，「小心我真的讓你吐血看看？」

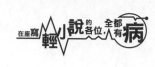

「我擦的不是血，而是逝去的執念。」

「所以說『執念』到底為什麼會沾在嘴角上？」

我高深莫測地搖了搖頭。

回答的話就輸了，我總有這種感覺。

教室裡仍是亂成一團，在還沒有任何人發現我們之前，我隨著銀髮少女很快地走出了教室。

少女在前方帶路，她的銀色長髮隨著步行微微搖晃，淡雅的香氣自她身上傳出。

越過了幾間教室後，慢慢的，我距離銀髮少女的背影越來越遠……越來越遠。

並不是少女的步行速度超過我，而是我故意放緩了腳步。

直到現在，我還是不清楚這名神祕少女跑來教室揪住我究竟有什麼用意，不過沒關係。

哼。

……說穿了，我柳天雲已經脫離了危機。

走到這裡，銀髮少女已經沒有任何箝制我的能力，她就算大喊大叫，我離她足足有十公尺遠，再怎麼樣，也不會被當作現行犯給壓制在地。

我自認想出了解決方法，只差頭上沒有像卡通人物那樣冒出發亮的燈泡，不然肯定噱頭十足。

十公尺。

十五公尺。

我與銀髮少女的距離不斷拉長。

二十公尺。

「柳天雲，別再挑戰我的忍耐限度，給我滾過來。」

銀髮少女回眸，以冰寒的眼神注視著我。

我承認她的目光很可怕，有一瞬間，我覺得自己像一隻被毒蛇盯住的青蛙。

不過呢……

天真。

太天真了。

就算妳之前說出了堪比惡鬼的威脅言語，真的要比起心計，也不過如此。

由於我沒有朋友，所以什麼事都必須自己解決——數學作業忘了寫找不到朋友抄、考試之前不會有人願意陪你讀書、難過不會有人聽你說心事……如果不自立自強，就會迅速墮入失敗的惡性循環。

所以，孤獨的人是最堅強的，因為這種人沒有失敗的資格，隨時能拿出背水一戰的勇氣。

……在C高中沒有任何朋友的我，還能在課業上取得相當優秀的成績，肯定很強。

至少比這個渾身都在閃閃發亮、只靠著顏值就能獲得大量志願者幫助的超級美少女……要來得強很多。

「哈哈哈哈哈哈……」自認敵我高下已分，我忍不住笑出聲來。

「韓信忍一時胯下之辱，多年後，傲然成就大業。」我雙手交叉抱在胸前，索性駐足而立，「我柳天雲……也是這樣。」

我們隔著二十公尺交談，很好，這是保證安全的絕對距離。

「有沒有人跟你說過……」銀髮少女聽了我的話，冷冷回答：「韓信能成功，靠的是主角威能？而在我身旁，任何人都只能當配角。」

……主角威能？

眼前的少女氣勢飽滿，顯然非常自信。

但這份自信，對於遠離險境的我來說，毫無價值。

「……」我聳了聳肩，不再理會對方，轉身就想走。

剛回過身之時，我的眼角餘光卻隱約看到某個方形物體一晃。

我扭頭看去，銀髮少女從懷裡抽出了手機，那高傲的姿態，就像水戶黃門的隨從掏出印籠示眾，只差沒有高喊「無禮的傢伙，給我張大眼睛看好了」。

「？」由於距離遙遠，我只能看見手機螢幕上，隱隱約約有一張照片。

照片裡其中一個人，看起來很像我。

而那傢伙正對一名美少女的胸前伸出魔爪。

「剛剛的事，被我拍下照片了，柳天雲。」少女晃了晃手機，「你難道以為……我會笨到不留證據嗎？別把我跟你這種傻瓜相提並論！」

……這樣啊。

終於到這一步……了嗎？

「哈哈哈哈……哈哈哈哈哈哈。」我一邊大笑，連連搖頭，朝著對方走去：「可惜啊可惜，妳未免太看得起自己了。」

「這就像下棋，針鋒相對。妳藏了這一手，確實是高招。」能把我柳天雲逼到這一步，值得給予高度的讚賞。

「不過……難道妳以為我柳天雲，會忽略這點，不留後手？」

銀髮少女聽了我的話，臉色微變。

她被襲胸時還能拍下照片當證據，光憑這份臨危不亂，就有資格明白我話中的意思。

我們互相對視，而她顯然被我的大笑挑起了怒火，氣得滿臉通紅。

兩人就像決戰中的古代劍客，繞著對方轉圈，彼此尋找破綻，伺機而動。

只是手中的劍，替換成了鋒銳的言詞。

——謹慎地思索過後，雙方終於出擊！

「你難道用手機錄下了說話內容？」銀髮少女恨恨地道。

說到這裡，她抬起俏臉，看向走廊上方的監視器。

「或許你刻意引我來這，也是為了讓監視器證明你的清白。」

我笑聲仍未停止，越笑越是歡暢，不斷往銀髮少女逼近。

每一步落下，都帶起越來越是張狂的威勢。

銀髮少女注視著我，一張俏臉驚疑不定，接著蓮步微移，稍稍後退了一步。

她後退了。

與我交戰以來，第一次後退！

「哈哈哈哈哈哈……」我慢慢收起笑聲。

接著，站到了少女面前。

兩人面對面，近到能感受對方呼吸的距離，我毫無畏懼地與眼前的美少女對視，並從她天藍色的眼瞳中，讀出一絲恐懼。

也讀出了「不可能，絕對不可能！他到底還有什麼後手」這樣的訊息。

哼哼哼……

呵呵呵呵呵……

她在害怕。

害怕……我未知的底牌。

然後，我開口說話——

「我認輸了，繼續帶路！」我哼了一聲，「如果在妳身旁，任何人都只能當配角，那我就當配角好了，配角就像房子的基石，不可或缺。我想，當配角或許也不錯。」

銀髮少女臉色大變，俏臉近乎痛苦地產生扭曲。

不，或許正在扭曲的是她的價值觀。

「你沒有用手機錄音？」她問。

「妳剛剛一說，我才想到。」我老實地回。

「……你沒有要利用監視器？」

「妳剛剛一說，我才想到。」我老實地回。

銀髮少女將雙手手臂往後拉。

這次是雙手合力，朝我的腹部打出了螺旋合擊。

「給我去死！」

第二話

我的師父不可能這麼難纏

我痛苦地隨著銀髮少女走到教學大樓的頂樓，那裡空蕩蕩的，只有刺眼的太陽光，還有染上腥鹹之氣的海風。

這裡是許多小情侶常跑來幽會的地方，也是去死去死團的禁地，因為我沒有女朋友，導致入學到現在，上來頂樓的次數寥寥可數。

我曾經幻想過很多次，帶著漂亮的女孩一起走上頂樓，在路途中接受眾人羨慕的目光。

由於是幻想，所以腦海中勾勒出的畫面，身旁女孩的臉孔總是模糊一片，就像打了馬賽克一樣。

就在今天，我的幻想終於實現，走在身旁的女孩臉孔也隨之清晰了起來，她擁有遠超想像的美貌，我卻一點也開心不起來。

「柳天雲，走快一點！」

「我的肝臟……被人痛毆……怎麼可能走得快……」

「哼，誰教你要嚇我！」

「妳的拳力好重，偶像難道是幕之內？」幕之內是日本某長壽拳擊漫畫的男主角，特點是拳力超強。

「如果你不想吃更厲害的招式，最好別再囉囉嗦嗦的。」

還有更厲害的？我頓時噤若寒蟬。

隨著少女走到了頂樓中間，一陣強風襲來，將少女的制服短裙吹得上下飄動，裙襬根部露出雪白的大腿，我不禁多看了兩眼。

「羚羊拳！」

我一句話都還沒說，銀髮少女忽然一個箭步，拳頭劃出向上的弧度，朝我肚子打了一拳。我痛到抱著腹部蹲下。

妳的偶像果然是幕之內吧！

「我什麼都沒做！」我怒道：「妳為什麼無緣無故打人！」

「你的目光充滿了野獸般的侵略性，我必須先剝奪你的戰鬥力。」

「那不是理由。」

「我沒有穿內褲，怕被你看見。」

「這也不是理……等一下，妳說得是真的？」

「你說呢？」少女似笑非笑。

「……」我報以苦笑，不敢說出「眼見為憑」這四個字來。

少女瞪了我一眼，雙手扠在纖細的腰肢上，轉過身去，望著教學大樓外的風景。

校園外原本是熱鬧的市區，現在成了一片汪洋。

C高中孤零零地置身於一座孤島中，而且以外星人的超絕科技，這裡多半已經被某種手段掩蔽了，外界的人類根本找不到這裡來。

「柳天雲，我知道你。」她說。

「幕之內水戶黃門，我也知道妳。」我回。

少女不理我，繼續說了下去。

「小學時多次拿到『全國小學生最佳作文獎』；國中時，連續三年獲得『報章雜誌年度文青獎』……大大小小的寫作比賽，獲獎次數不勝枚舉，更曾被人譽為神童、才子。升上高中後，你因不明原因停止了寫作，知名度逐漸下滑。

「我有種感覺，該說是少女的第六感嗎？更正，是超級美少女的第六感。」她在無意義的地方迅速糾正了自己，「你不像表面上裝出來的那麼愚蠢，現在表現出來的、傻子般的快樂，只是在掩飾你內心深處的孤獨。我們見面到現在總共二十分鐘，你笑過很多次，眼眸深處，卻沒有出現過半點笑意。

「我現在看到的你……是真正的你嗎？柳天雲。」

少女說完後，陷入了長久的沉默，素手輕輕撫摸著左腰際的狐面墜飾。

對方似乎想將這段空白留給我填補，我卻自私地讓風聲奪走了這份權利。

孤獨嗎？

她說得沒錯。

一般人就算轉學，或聊遊戲、或讀課業，只要找到共同話題，就能迅速與班上的人打成一片。

我例外。

以前的我……並不是這樣的。我也曾經像一般學生那樣笑口常開，成天無憂無慮，反正瑣事自然有大人去煩惱，好像天塌下來也不干我的事。盡情揮灑青春，將記憶空隙填滿就是我唯一的課題。

小學一年級時，我初嘗寫作，便被譽為神童，才子之名亦不脛而走，參加各項小學生作文比賽，也往往能拿到冠軍，眾人的稱讚膨脹了我的信心，我一直認為自己是同年齡裡寫作最強的人。

直到小學三年級時，筆名「晨曦」的小學生在縣級比賽中現身，那是第一次……我嘗到了敗北的苦果。在頒獎典禮上，晨曦甚至沒有出現，只由父母代領獎狀。

這筆名有些秀氣，聽起來像女孩子。

她的文風高雅而平穩，流暢感十足，讓人聯想到綿延不斷的壯闊花海，又或是跨越群山的大片彩虹，使我一見難忘。

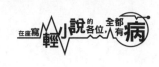

我一次又一次細讀她的文章，明白自己敗得不冤，她的實力確實在我之上。但也相差不遠。

我奮發圖強，在一年後的大型寫作比賽裡，正面擊敗了晨曦，奪回第一。像是感受到遭人急起直追的壓力，晨曦的實力也不斷增強，在接連不斷的比賽中，與我互別苗頭，雙方互有勝敗。

然而，我從來沒有見過晨曦，每次領獎總是由她的父母代領，我甚至連她到底是不是女孩子都不能肯定。

她如幽靈般，藏身於華麗的文字之後，從不露面。我也漸漸習慣了這樣的情況，好像本來就該如此，我們以筆會友、以戰交心，比賽就是我們建立溝通橋梁的唯一方式。

很快我升上了國中。

在國中一年級時，那一次我輸了比賽，只是第二名。照例來代領冠軍獎狀的晨曦父母，罕見地與我進行了接觸。

他們遞了一張紙條給我，上面有晨曦親手所寫的訊息。

上面只有極簡短的幾行字，字跡娟秀。

好多年過去了，在比賽中，你成長得好快。

不過……我看得出來，你的文章漸漸充滿了匠氣，變得俗氣，變得……為贏而寫，而不是為了自己而寫。

這樣的你……不夠真實，不是真正的你。

不討好評審、不迎合他人，希望下一次，你能為了自己而寫……為了本心而戰。

明年，我等你。

一行短短的「我等你」，卻道盡了千言萬語。

市儈。

匠氣。

不擇手段。

隨著年齡漸增，赤子之心被歲月和好勝給磨滅，我變得圓滑，學會怎麼去討好評審。寫別人想看的東西，那是通往勝利的最快捷徑。

一味追求勝利的結果，就是加速通往成為狡詐大人的道路。不知不覺間，我已經將這條路走完了一半，再也無法回頭。

反觀晨曦，她的文風純淨而平穩，一如當年。

她藉由自己本身來吸引評審；而我……藉著評審喜歡的東西，來吸引評審。

我取巧了。

仗著取巧，才與晨曦打平，擁有與她一較高下的資格……我對這點感到難堪，「神童」、「才子」的光環彷彿就要剝落，當時心高氣傲的我，不願坦承這一點。

正因為無法坦承，於是隔一年，我忽略晨曦提出的建議，依舊寫出了評審喜歡的東西，順利以微小的差距擊敗晨曦，奪得了第一。

我想藉著勝利，證明自己的想法是對的。

——只要能贏，那不就夠了嗎？

然而……在那之後，晨曦消失了。

就像一陣煙遭風無情吹散，裊裊而逝。

直到這時我才猛地醒悟，如果她是煙，那我就是吹散她的惡風。

如同我渴望超越晨曦一樣，清澈如水的晨曦，也希冀著與「真正的柳天雲」交手，而我卻在旁門左道上越走越遠，讓她徹底失望。

她遍尋不著昔日的身影，於是晨曦的名字……自所有比賽中消失。

亦從我的生命中……抽身而退。

那之後，我成為了孤獨的王者。

沒有人能與我爭奪冠軍，沒有人……再能使我感覺到壓力。

……世上強敵難尋，知己更難尋。

晨曦消失後，我頓時失去了寫作的理由；一年後，國中三年級的我，懷抱著深沉的悔恨，也隨之封筆。

我立下誓言，從此不再寫作。這是我能贖罪的唯一方式。

銀髮少女的兩根手指頭，輕輕撥著紅紋狐面，面具與面具互相碰撞，發出喀啦喀啦的響聲。

「……」近乎尷尬的沉默持續已久，彷彿彼此立下了不語的誓言。

少女似乎在等我先開口，述說產生變化的原因。

但有些事情，我不想說，也不想讓別人問。

所以，我只能選擇自私一回。

銀髮少女原本面向大海，此刻轉過身來，以銳利的眼神應對我的沉默。

終於，她先開口說話：「……柳天雲，如果無法逃離晶星人的掌握，我們從今天開始的一年內，將不再能以高中生自居，而必須成為最強的輕小說家，對抗其餘五所學校。而且，我想要獲得晶星人的願望。

「跟我聯手吧。」她續道：「沉寂的寫作天才，如果你能東山再起，與我成為同伴，那將……天下無敵。」

「就算不是天下無敵，至少也能在C高中內無敵。」

我一聽，卻笑了。

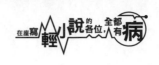

這次不是裝瘋賣傻的笑，而是笑得很輕很輕，從湧起的回憶中嘗到了苦澀感。

「為什麼我得跟妳聯手，關於寫作方面，妳很厲害嗎？」我反問。

「當、當然很厲害！」或許是受到質疑的憤怒，銀髮少女回話時有些侷促，俏臉如蘋果般紅潤。

那份侷促沒有逃過我的雙眼。

「柳天雲，你敢不聽話？像我這種美少女說要跟你聯手，這是你的榮幸！」看到我依舊從容，她似乎氣急敗壞，改以威逼：「你最好乖乖聽話，別逼我祭出底牌。」

果然要出大絕招了嗎……簡直就像打雙人對戰遊戲，快輸的時候，迅速跳起身拔掉電源線的無賴。

反正又打算拿照片威脅我對吧？老詞了，拜託換套新鮮的。

我認真地望著她。

我早已封筆，立誓停止寫作。男人平常可以嘻皮笑臉，但面對重要的諾言，必須拚上一切去守護——哪怕聲名狼藉、就算以命相拚，也在所不惜。

所以我不會再次寫作。

即使……少女以「抖出襲胸照片」進行逼迫，我也不會妥協半分。

無聲的對峙持續了片刻。

銀髮少女看了我一眼，接著飄開眼神，像是想迴避我的視線那樣，緊盯著遍布灰塵的頂樓地板。

「……」我不語。

「……柳天雲。」少女出聲喚我。

我注視著她，等著她把話說完。

「我知道，你在追尋什麼，也知道……你為什麼會變得孤僻，變成動不動就大笑的怪人。」

誘導式問法？我從嘴角噴出嗤笑的氣息，準備開口取笑對方。

——但銀髮少女複雜的神情，讓我把話縮了回去。

妳……為什麼露出這種表情？

少女望著我，那是不含任何玩笑成分，嚴肅、認真無比的表情。

最後，在呼嘯的海風中，銀髮少女道出了令我心驚不已的一個詞。

「……晨曦。」

聽到銀髮少女口中吐出這個名字，我全身如遭雷擊般一震，內心顫抖不已。

為什麼妳會知道？

為什麼……我會從少女口中……不，從別人那裡聽到這個名字！

我內心的驚訝還沒緩過來，銀髮少女就續道：「晨曦……她就在C高中內，現在是C高中的學生。」

「我知道她是誰，只要你答應跟我聯手，為我寫作出戰，之後我就告訴你……晨曦究竟是誰。」

我的呼吸無法控制地紊亂起來。

晨曦。

晨曦。

晨曦——

這個名字對我來說意義重大。重大到，足以使我放棄最喜歡的寫作。

「妳調查過我？」我勉強壓下激動的心緒，冷冷道。

這是唯一的解釋。其實也並不難猜，我忽然封筆，而一直與我競爭冠軍的晨曦在前一年消失，只要稍加推論，就能將兩件事聯想在一起，進而得出真相。

與強敵惺惺相惜並不是罕見的事，歷史上多有著墨。三國時期，諸葛亮與周瑜一生互相算計，想盡辦法亂敵思緒，攻其不備，可是周瑜死後，諸葛亮深感難過，甚至撰文弔念。

銀髮少女將臉偏了過去，並不否定，也不回話，似乎打算默認。

「不要逃避，看著我。」我強自裝作淡然，不想被對方發現我的不安。

銀髮少女皺眉。

殘影閃動。

少女急奔而來，身影在我眼中急速放大，接著把灌注全身力量的拳頭，配合衝刺的加速度，狠狠打進我的肚子裡。

「嗚！」我痛苦地彎下腰，一時站不直身。

「不要命令我！」她再次撇過頭去。

別隨隨便便就揍人啊！我彎腰抱著肚子，皺著一張臉望向她。

她斜眼回瞪我。

我與她的視線，在半空中擦出無形的火花。

一秒鐘過去。

兩秒鐘過去。

「吵死了！要不要答應，一句話！」接著，她像是不耐煩了，突然發怒：「如果你不想知道晨曦在哪，我就把祕密藏在心裡，帶進棺材裡好了！」

……先不談銀髮少女為什麼知道晨曦的事……我有資格嗎？

我感到茫然失措。

在我的想像中，晨曦必定是足不出戶的大家閨秀，興趣是插花、書法、寫作等靜態活動，看見鮮花綻放會露出欣喜的笑容，會為了四季變幻而多愁善感——總之跟眼前這個銀髮暴力女相差甚遠。

像我這種圓滑、市儈、匠氣的人……還有去見晨曦的權利嗎？那高雅的文筆、溫柔的身影，我這雙眼睛……有親眼去見證的資格嗎？

先是懷疑、自責，而後徬徨與畏懼。

接著，我記起了當年晨曦寫過的一篇篇文章……淡雅秀氣的字句，深深引人感觸，直迎讀者內心的柔軟地帶。

我想起了她的文筆，也想起了與她競爭時的快樂。

慢慢的，我初始的慌亂一點一滴消逝，一股久違的熱流，緩緩淌進我的心裡。

那是我早以為消磨殆盡、面對困境時的熱血，與發自內心深處的勇氣。

「我……」

我要見她。

不管她真面目究竟是什麼模樣、成為了什麼樣的人，我都要見她！

哪怕只是站得遠遠的，偷偷瞧上一眼也好。為此，即使披荊斬棘……跨越刀山劍海，我柳天雲，也在所不惜！

「……好吧，就照妳說的去做。」我舉起雙手，表示投降，「我會復出，與妳聯手……能不能成為天下無敵的搭檔，我不知道，不過我會盡力試看看。」我聲音一沉，「然後，做為交換，妳必須告訴我晨曦是誰。」

「呼姆？」銀髮少女雙手抱胸，一隻眼睛閉起，只睜著左眼，以審視的目光望著我，似乎在觀察我說的是不是真心話。

最後她哼了一聲，露出「真拿你沒辦法」的得意表情，點了點頭。

重新取回優勢的銀髮少女，一撥秀髮，左左右右地踱步來去。

「這樣啊……」她的嘴角微微翹起，勾起近似竊笑的詭異弧度。

看見那笑容，我趕緊護住腹部，就怕她又想到什麼主意，心血來潮衝上來給我一記肝臟攻擊。

銀髮少女這時忽然發現我盯著她不放，乾咳了兩聲。

「……別給我搞錯了。」她開口道：「雖然聯手了，但為了避免你自認為能跟我平起平坐……我們必須定下一個名分，讓你時時刻刻都能記住我們的地位差異。」

少女目光狡猾地一轉，不復剛剛的失態。

脫離了晨曦的話題後，她再次變身為剛見面時、那個處處獨領風騷的她。

「好！既然如此，以後你就是我的奴隸……呃，就是我的徒弟了。」

什麼鬼，為什麼是徒弟？

不過奴隸……徒弟，少女微妙的詞語轉換，亦使我十分在意。

真心話不小心脫口而出了是吧？

看來她似乎是想以師徒之名，行主僕之實。

「為什麼是徒弟？」我質問。

「傻瓜！『一日為師，終身為父』聽過吧。有了師徒名分，你以後要把我當成長親尊敬，瞭解嗎？」

「有一句話叫做大義滅親。」我回道。

我話剛出口，少女「嗯？」的一聲，朝拳頭吹了一口氣。

我的肝臟隱隱作痛，如果器官有自己的意識，大概已經開始放聲尖叫。

「啊哈哈，但也有一句話叫做百善孝為先嘛！」我笑容滿面。

「你好煩，到底答不答應當我的徒弟？」銀髮少女問。

我愣了一下，下意識想開口拒絕，少女卻拿出手機在我面前晃了晃，提醒我裡面有現行犯的照片。

然後又指了指天上的太陽，意指晨曦。

簡單易懂的現代威脅？

我微一遲疑，少女又繼續說了下去。

「為了方便稱呼，之後你就叫做『弟子一號』，一切都要聽我的話，懂嗎？」

我搖了搖頭，道：「不懂。」

少女眼睛一瞇，「哎呀，看來手機裡的照片……十分鐘後就會傳遍校園呢。晨曦的下落，你也自己去找吧。」

「……」

少女無視我難看的表情，嘻嘻一笑，再次道出了同樣的句子。

「為了方便稱呼，之後你就叫做『弟子一號』，一切都要聽我的話，懂嗎？」

「……懂了。」

「柳天雲，這是一個願打、一個願挨的師徒協議。」

……什麼？

從頭到尾充滿了肉體、言語脅迫，這協議竟然被妳認知為「一個願打、一個願挨」？我聽了瞪大雙眼，再次見證銀髮少女無下限的節操。

但，即使再怎麼不甘願，也已經大局底定。

師徒名分，就在我不甘不願的情況中訂下了。

不過，好漢不吃眼前虧，虛與委蛇才是目前最好的對策。

她再怎麼厲害，也只是一個高中女孩，遲早會露出破綻，讓我找到反攻、高舉大旗逆襲的機會。

所以順從只是暫時的，我「半澤天雲（註1）」，隨時會伺機取回主導權，並將過去受到的苦悶……加倍奉還！

「別恍神，叫一聲師父來聽聽。」她開口命令。

註1　出自日劇《半澤直樹》，描述銀行員半澤直樹，委屈求全，與銀行內外的「敵人」戰鬥，最後一舉翻身勝利的故事。其著名金句為「以牙還牙，加倍奉還」。

「師父……」我有氣無力地回話。

「我說往東，你不能去西；我說東西南北都不准去，你也得乖乖聽話。」

「……師父，那我就無處可去了。」

「蠢材！我的弟子一號竟然說不到三句話就使我蒙羞，你難道不會往天上飛？」

好一個往天上飛。

即使明知人類無法憑空飛起，但由於晨曦的消息還握在銀髮少女的手中，我勉強忍住吐槽的想法。

這師徒名分來得輕易，關係亦比海砂屋還不牢靠。不過，在套出晨曦的情報、與銀髮少女斷絕關係之前，我還是不要忤逆她比較好。

話又說回來，看見銀髮少女仍帶著些許稚氣的容顏，我實在難以習慣被一個年齡相近、多半還比我小上幾個月的女孩叫做「弟子」。

少女像是過足了師父的癮，無視我的死魚眼，倚著欄杆，露出一臉滿足的笑容。

她瞧了瞧我，將手指探進制服上衣的口袋中，抽出兩張照片，像擲飛盤般丟了過來。

「接著。」

兩張照片在半空中交錯散開，我手忙腳亂地接住照片，暗自慶幸自己的動態視力還算不錯。

第一張照片上面是一位金髮碧眼的美少女，她穿著充滿時尚感的迷你裙跟無袖上衣，上衣被豐滿的胸部高高撐起。少女側背著包包走在街道上，與數位女性朋友開心地談笑。

照片並不是以她做為焦點而拍攝，但金髮美少女壓倒性的嬌俏容貌，產生了周遭一切都只是陪襯的強烈存在感，讓人不禁將視線投注其上。

但仔細一看，這照片的拍攝角度歪歪斜斜的，感覺像是偷拍。

我瞧了銀髮少女一眼，從她大咧咧的態度確信了這點。

我一眼就認了出來，照片裡的美少女是二年級的沁芷柔——C高中有名的高嶺之花，品學兼優，身材前凸後翹，更擁有令人驚豔的美貌，據說在班上男生偷偷投票的統計裡，美少女指數達到一百分。

沁芷柔每天至少要扔掉兩大箱情書，當面拒絕三十個人的告白，或許就是這樣，養成了她高傲的性格。

第二張照片是一名正在換衣服的紫髮少女，背景看起來像更衣室。

她似乎正使勁拉起運動服上衣，露出無一絲贅肉的平滑腹部，與可愛小巧的肚臍。

少女體型嬌小，綁著紫色的雙馬尾，眼角眉梢之間帶著天然的媚意，高聳的胸前將運動服卡得死緊，我想……這就是她運動服脫得這麼吃力的主因。

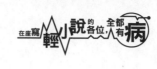

這名少女，只要是C高中的人，肯定也知道。

一年級的風鈴。

以風鈴為外號，入學後迅速奪走沁芷柔在男生中的一半人氣，拜她所賜，沁芷柔收到的情書由四大箱變成了兩大箱，每天當面告白的人從六十人變成了三十人。

而風鈴一點也不低調，傳聞曾當眾媚笑著道出「這也是理所當然的」這種話來。但據我所知，那句話只不過是點燃炸藥桶的一絲火星，兩名美少女早已勢如火水，互不相讓，爭著想壓倒對方。

這兩名美少女，合稱C高中雙花，美名遠播，甚至常常有隔壁高中的學生，成群結隊來一睹芳容，颳起了類似偶像效應的旋風。

而眼前的銀髮少女，有著絲毫不遜色於照片中兩女的美貌。

令我暗自懷疑的是，她穿著C高制服，我卻從來沒有聽說過第三名校園級美少女的傳聞。

「給我照片做什麼？」我看完照片後，一揚手中照片。

「哼，愚蠢！」銀髮少女喝道：「弟子一號，給我動腦想想，別淨問些笨蛋問題！」

我聞言，皺眉一想，然後……立刻想通。

「原來如此，妳兼職賣偷拍照片是嗎？真是奸商啊。」我摸出錢包，抽出了一張五百元鈔票，「兩張一起買，有打折嗎？」

一聽我的回話，銀髮少女笑了。

笑得燦爛。

「螺旋搏擊！」

伴隨著響徹天空的招式喊聲，我倒在地上打滾。

銀髮少女一吹粉拳，彷彿拳頭上正在冒煙，但事實證明她只是在裝酷。

「知道我為什麼揍你嗎？」銀髮少女餘怒未消，一踢我的小腿。

「……我知道。」

「很好，弟子一號，解釋給我聽。」

我謹慎、試探性地道：「兩張一起買不能打折？」

「螺旋……」

眼看她又要喊出招式名，我嚇壞了，急忙道：「不知道啦，我不知道！」

這傢伙完全不懂什麼叫幽默。

最不急的數字是八，厲害的廚師會把一道菜做出一百種花樣，公道價是八萬一——這種高級梗，是唯有真正的高手才能領悟的笑點。

「……」

銀髮少女哼了一聲，同時從我手中把不能買也不能打折的照片拿了回去。

只看外表的話，我必須承認她長得很可愛——即使將一般學校裡所謂班花、校花的女生群聚起來，銀髮少女在裡面也是不折不扣的美少女。

……她如果不擺出這種高高在上的態度、不設計別人、不偷拍女生照片、不會隨便揍人，那就更加完美了。

想到這，我忽然驚覺：這傢伙除了外貌相當出眾，其餘地方簡直任性得亂七八糟！

「……吶。」銀髮少女將手中的照片翻來覆去細看，忽然小小聲地喚我。

我望向她，一臉問號。

「……吶，如果是我的照片，你會出多少錢買？」她以略帶猶豫、遲疑的語氣如此發問。

我搔了搔臉，向她無奈苦笑，並豎起了一根手指。

「一千塊？」銀髮少女又驚又喜，「你倒還算有眼光。」

「……」其實是一百塊。

沁芷柔跟風鈴的照片，其實我是打算買來轉賣的，因為她們在學校裡都有大批死忠粉絲，若以五百塊買兩張，轉手大概可以賣五千塊吧，能夠充當我兩個月的零用錢。

不過，被晶星人抓來這裡後，錢好像也失去了本來的意義。

銀髮少女把我豎起的手指誤當作「高價購買」的意思，露出了滿足的表情，也沒繼續追問。

幸好她沒追問，不然我大概會吃上「輪轉位移」這種恐怖絕技。那是幕之內的招牌本領，說是終極絕技也不為過，至今還未有承受輪轉位移的恐怖連打後，還能無傷站起來繼續奮戰的對手。

接著，她終於大發慈悲，停止打啞謎跟提問，對拿出兩張美少女照片的行為，做出了正式解釋。

「寫小說需要豐富的想像力與經驗，才能寫得深刻，描述得動人心弦。照片上的兩個女孩很漂亮吧？弟子一號，像你這種渾身處男味，一看就沒交過女朋友的殘念人士……只有遠望她們的資格。」當少女說到「渾身處男味」、「沒交過女朋友」這兩句時，我被鋒銳的辭彙給狠狠刺傷，竟然比剛剛被拳頭毆打還要痛苦。

「不過你很幸運，遇到了我。」少女高姿態地說：「我會幫你攻略這兩名美少女，讓你經歷戀愛，寫出更好的輕小說來。」

「？？？」我完全無法追上她的跳躍性思維。

名義上的師父，一口氣以獨屬於個人的奇思怪想，將我甩離了十條街遠。她的話乍聽之下好像有點道理，可是仔細一想又充滿了吐槽點。

「呃……」我正要措辭開口，銀髮少女卻打斷了我，繼續說了下去。

「……要知道，唯有擁有刻骨銘心的戀愛經驗，筆下才能寫出最厲害的女主角來。」

「哼哼，去攻略她們，然後盡情做很多嗶——嗶——的事吧，我會幫你的。」

不。

別開玩笑了。

就算沒交過女朋友，不做嗶——嗶——的事，我也有十足的自信寫好輕小說。所以完全不需要啊，就算妳以冠冕堂皇的理由，來包裝個人的惡趣味，我還是無法接受這樣的說法。

「……」我遲疑許久，思索著如何拒絕。

「怎麼，你不願意？」銀髮少女瞇起雙眼，敏感、銳利地道破了我遲疑的原因。

當然不願意。

銀髮少女有些不悅，半帶警告地捏了捏我的耳朵，接著再次拿起照片，向我展示兩名美少女的相貌。

「弟子一號，這是師父的命令，不允許你拒絕！如果你敢拒絕，我就不告訴你晨曦的下落。」

……我想見她。

聽到晨曦兩字，我只好選擇默默認同，至少表面上不能違逆這個師父。

使我屈服，似乎能讓少女產生快感，銀髮少女嘻嘻一笑，再次一晃照片。

「弟子一號，選吧。你要先挑哪一個下手？」少女說道：「晶星人出現後，已經過了半小時，樓下那些凡夫俗子應該也亂得差不多了，必須在部分聰明人出手之前，盡快展開行動。」

……見鬼的師父，見鬼的弟子一號。

為了不讓照片被散播出去、找到晨曦，看來必須再陪她玩一陣子表面上的師徒遊戲。

攻略就攻略吧，反正也不會成功，向沁芷柔跟風鈴告白失敗的人可多了，不差我一個。

下定決心後，我的視線在兩張照片之間轉來轉去。

風鈴年紀比較小，但性格柔媚入骨，而且非常善於在男人之間周旋，心思比沁芷柔更加神祕。

我已經親眼見過很多次了，那些鬼迷心竅、上去告白的倒楣傢伙的下場。

沁芷柔碰見不喜歡的對象會高傲地直接拒絕；而風鈴會收下情書，不置可否地對你嘻嘻直笑，根本不給你答案，讓人心癢難搔。

當然，從風鈴一直沒有男朋友這點來看，告白的那些人全都以失敗告終。

這種心機滿滿的類型我不擅長應付，就像神奇寶貝裡火系剋制草系那樣。

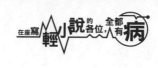

「我選沁芷柔。」我再三考慮後，給出了答案。

「很好。」銀髮少女將照片收起。

接著她不知道從哪裡摸出了紙跟筆，唰唰唰地奮筆疾書，過了幾分鐘，將寫滿了字的紙片遞給我。

「收下吧，弟子一號，這是攻略本。」

……攻略本？

我半信半疑，將紙片展開，大聲讀了出來。

「早上七點整，沁芷柔咬著吐司跑著去上學時，與弟子一號撞了滿懷。

「沁芷柔跌倒在地，嬌嗔道：『笨蛋，你沒有在看路嗎？』接著弟子一號將沁芷柔扶起，兩人締造初始的回憶。

「中午時，弟子一號再次出現在沁芷柔面前，以賠罪的名義邀請沁芷柔共進午餐，兩人笑著開始進一步發展。」

我以非常呆滯的語氣讀著紙上的內容。

然後以非常呆滯的眼神望向少女，指著紙片問道：「這是什麼東西？」

「攻略本。」她回得理所當然。

「不不不，我的意思是，攻略本上都寫了些什麼東西。」

「讓你能跟沁芷柔交往的關鍵提醒呀，怎麼了？」少女蹙起眉頭，顯然對弟子一號膽敢質問，十分不滿：「沒有跟美少女交往，就沒有好的輕小說；沒有好的輕小說，就沒有最後晶星人的願望。」

什麼……這種充斥吐槽點的奇葩流程，是能讓我跟沁芷柔交往的關鍵？我一驚之下，本來想問她是不是在開玩笑……可是她說話的表情十分專注，讓我無法把話說出口。

……不會吧？

「弟子一號，我能理解，你為什麼會一臉痴呆地張大嘴巴。這種絕妙的攻略本，本來就不是凡夫俗子能懂的。哼，總之呢……你只要忠實地執行攻略本上的步驟就好。」

我緊盯著銀髮少女。隨著時間慢慢過去，我確信了——她真的打算叫我照著攻略本去做！

開什麼玩笑。

開什麼玩笑！

我有個習慣，當碰見難以理解、無法處理的事情時，我總是會笑，藉著笑聲來爭取思考的時間。

於是聽完她的講解後，我再也忍耐不住，大笑出聲。

「哈哈哈哈哈……」

「哈哈哈哈哈哈哈……」

——然後用力將紙片扔在地上！

「別給我搞錯啦！妳這妄想侮辱三次元的師父！」

我像音樂會站在最前面的指揮那樣，以雙手做為指揮棒激動地揮舞，藉以表達我的強烈抗議。

「所謂的三次元，所謂的現實呢，可不會一切都順理成章地發展！

「跟美少女說話時，不會自動跳出二選一的選項；如果說錯了話、犯了蠢事，也不能心平氣和地讀檔重來！更不會有閉著眼睛亂點也能跟美少女發生嗶——的香豔關係的套路！

「別給我小看了人生啊！主角所謂的一帆風順，在我看來只是編劇對命運之神的褻瀆！」

銀髮少女並沒有回話，取代言語的，是她每一絲臉部肌肉上充斥的冰冷憤怒，給人的感覺，就像一座散發著寒氣的美麗冰雕。

接著，她櫻脣微啟。

「你是在懷疑我嗎？弟子一號，你是在質疑我從遊……從現實中萃取的人生精華嗎？」

給我把那個「遊」字的後續說完！

果然是遊戲吧？是吧！

「為了提升你的寫作能力，這是必須完成的任務。我以師父的身分命令你照做，弟子一號！」少女惱羞成怒，說話時摸了摸口袋的手機，那舉動在我看來飽含威脅。

……還不到時候，再忍忍。我在心裡這樣告訴自己。

「好啦，別總瞪著我。」我只能再次認栽，然後乖乖把地上的紙片撿起。

不過，仔細一想……有著高人氣的校園偶像——沁芷柔跟風鈴，她們彷彿渾身都在散發光與熱，像太陽那樣讓眾人繞著她們轉。

像我這種缺乏朋友、長得普普通通的同校同學，對她們而言，充其量只能算是飄盪在遠處的宇宙廢棄物，連持有像樣名稱、踏進太陽視野範圍的資格都沒有，太陽自然也不會知道有這種東西的存在。

所以要我去攻略沁芷柔，還用這種粗糙、一看就知道是取自三流遊戲的老套腳本，完全是不可能的事。

宇宙廢棄物能擊墜太陽嗎？不可能，在接近之前就會被燒毀。

柳天雲能攻略沁芷柔嗎？不可能，我比之前被她拒絕的男生還沒有價值，那其中可不乏足球部的社長、棒球部的明日之星之類的運動帥哥。

可是……

在被便宜師父手上的證據擊垮、吞食之前，我必須暫時照她的話去做。

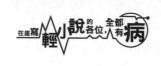

先不管我自身有沒有成為C高中三名輕小說代表的意願，現在……至少不能被她散播出襲胸的照片，也不能失去晨曦的線索。

所以，我又該大笑了。

「哈哈哈哈哈哈……」我以手按臉，拖長了語調：「我剛剛之所以猶豫，其中原因，妳……難道真的不懂嗎？」

「？」銀髮少女瞅著我不放，似乎想看弟子一號又要變什麼把戲。

「我是在考驗妳。」我收斂笑容，肅然道：「考驗……妳對自己的攻略本有沒有足夠的信心。」

「……當然有。」

我怎麼聽，都覺得她的語氣十分敷衍，或許實驗性質更高於成功的把握。

「很好，我就照妳的攻略本行動吧。」我裝作順從，將紙片收進口袋：「明天早上執行計畫，失敗了可不能怪我。」

「那得看你表現如何。」

……名義上的師父啊，妳果然還是低估我了。

在停止寫作、性格變得孤僻後，我不知不覺養成被逼急了就會大笑的壞習慣。

過去的成長歷程告訴我：這種異於常人的壞習慣，只要被發現，就會立刻成為大眾眼中的怪人——然後被徹頭徹尾討厭、孤立起來。

為了掩飾自己是怪人的事實，進而避免鄙視的目光，我往往寧願一個人行動，因此在孤獨的漩渦中越沉越深。

我也能輕易猜測出，像妳這種美少女，只要願意，就能輕易招來一群追隨者，之所以變得孤獨，肯定是因為太怪、不屑與眾人交流……而我卻是隨著歲月流逝慢慢變得孤獨，這處境可是相差十萬八千里。

要知道，被排擠的孤獨者與自願的孤獨者，前者悽慘落魄，而後者尊爵不凡……也就是說，在接觸孤獨與寂寞上，我有著比妳更厲害十倍的才能。

「妳是不是沒有朋友？」我開口。這似乎是個突兀的問題，不過拿來問突兀的人……剛剛好。

「哼。」銀髮少女不願回答。

果然嗎。怪人通常都沒有朋友，就算眼前的女孩是個美少女，我想也不會逃過這個定理。

不過呢……再怎麼說，妳也擁有足以設計我柳天雲的聰明腦袋，又有著讓所有同性羨慕的清麗容貌，比起我的「被眾人所忽視的孤獨」，妳的「眾人所敬畏的孤獨」顯得太過奢侈……

奢侈到，讓我差點就會產生嫉妒。

亦即是說，就算同樣離沁芷柔與風鈴這種現充有好大一段距離，同是宇宙廢棄物，妳的體積大小跟完整度，也遠勝於我。

因此，我所達到的孤獨之境，妳是望塵莫及——我們雖然像，卻有著本質上的差距。

如果孤獨王國有爵位，我已經是一方公爵；而妳這種握住了些許把柄就自鳴得意、擁有多條退路的美少女，最多也只能算是落魄貴族。

——正因為沒有朋友，所以孤獨。

——不需要別人的幫助，所以強。

少女唷，等妳觸及了八奇的思考領域（註2），才有與我一較高下的資格。

明天，我只要當著沁芷柔的面，照著「攻略本」念出臺詞，再被狠狠拒絕，那一切問題都將迎刃而解。

妳將會因為一再攻略失敗，而對弟子一號失去興趣。

我也能脫離名義上「師父」的魔掌，重回自由之身，並順勢落井下石，逼問出晨曦的下落。

重申一次——

名義上的師父啊，妳果然還是低估我了。

註2　取自陳某所繪的《火鳳燎原》漫畫，意指高人一等的思維。

坦白說，我對成為C高中的輕小說代表毫無興趣，也不想藉由晶星人的能力實現願望。

在妳成功將我洗腦為真正的夥伴之前，我很篤定，妳會先忍受不了我一再的失敗而離去，並在我的圈套之下……吐出晨曦的消息。

妳明顯就是個怪人，怪人戰鬥力已經破萬，而我也不遑多讓。

就算妳用近乎詐欺的手段，將我騙入局中，展開怪人與怪人之爭，我還是有解套的方法。

換個角度思考，問題的著眼點，其實並不在於「我能不能攻略沁芷柔」上面。

而是，詐欺者先騙倒孤獨者；又或是，孤獨者先讓詐欺者難以忍耐……

這樣一場別開生面、史無前例的豪華對決。

第三話　這樣的展開沒問題嗎

C高中在地方上算是相當有名氣，錄取難度在全國高中裡排行第五。

事實證明了C高中的組織性十分良好，以校長跟師長高層為首，不過花了一天時間，就對晶星人的綁票案迅速做出了應對。

光是解決一千多名學生的住處就是一大問題，幸好有廢棄的舊校舍可以勉強當作宿舍使用。於是男學生全部被塞進了舊校舍裡，而女學生則分批住在女生宿舍跟教師宿舍。

但食物等民生問題始終沒有得到解決，已經派人探查過，島上空空如也，尋不到半點吃的——就連一隻野生動物、半株野菜都找不到。

甚至島的邊緣被無形護罩給隔開，連大海裡的漁產都不能指望。現在只能仰賴廚房儲藏室的食材存貨，不過單靠儲藏室的東西能夠堅持多久……我對此不抱樂觀態度。

不過，晶星人如果想要我們參加一年後的比賽，就不會隨便讓我們餓死。

或許目前糧食短缺的情況，是晶星人刻意為之。

由於糧食問題無法自主解決，在嘗試過各種方法都無法與外界聯繫後，學校高層下了一手最保險的棋——搬出圖書館裡全部的輕小說藏書，動員所有老師們開始教授輕小說。

晶星人禁止師長參賽，C高中必須將所有的希望都投注在學生身上。

學校從此只剩下兩種課程——「國文課」與「輕小說課」。最糟的情況下，就是做好萬全準備，一年後與其他五所學校交戰，獲勝後存活下來。

身處孤島，教學內容又這麼偏頗的學校，大家都是頭一次聽說，我想這恐怕也是世界首創。

校方宣布「隔天就必須接著上學」那時，學生的哀號響遍天際。

「這種情況下，立刻開始上課？」

「搞什麼，完全不顧我們的心情嗎！自私的大人！」

「……無法接受。」

在一片抱怨聲中，我卻想到了別的方面。

或許……快刀斬亂麻般的手段，不給學生更多思考的時間，正是校方的目的。

畢竟現在C高中處於孤島，就算犯下滔天大罪也不會被警察抓起監禁，已不適用於日常社會的條例。況且，晶星人是以「選出高中生做為輕小說代表」為條件，也就是說，身為成人的師長們，除了知識之外的價值……近乎於零。

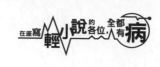

畢竟現在是大人要仰賴學生，而不是學生要仰賴大人。

在這樣的紛亂中，如果不在有心人士進行煽動之前訂好規矩，讓無頭蒼蠅般的學生有個方向，恐怕C高中會迎來恐慌與叛亂——強大的學生將反客為主，試圖組織起來統領這所學校。

我不知道有多少人想到了這些事，但C高中一千多人裡，聰明人肯定是有的。

至少師長群中有一個這樣的聰明人，事先料到了一切，並以迅雷不及掩耳的速度展開預防，在學生還沒失去對師長的敬畏前，發布了命令，鞏固領導者地位。

確實厲害。

至少不在我柳天雲之下。

在舊校舍克難地睡了一夜後，隔天早上六點半，我拖著睡得全身僵硬的身體，前往餐廳吃早餐。

我睡得並不好，並不全然是因為睡在堅硬的地板上，昨夜此起彼落的哭聲讓人心煩不已。才第一天入夜，就有許多從未離家的男學生，因為想念家人，承受不住壓力，躲進被窩裡悄悄落淚。

我的心情目前還不受影響。

畢竟我是個戰鬥力破萬的怪人，跟被眾人忽視的孤獨比起來，離家暫居什麼的不過是小事。

我展開銀髮少女給我的攻略本，攻略本已經被我翻看到皺巴巴的。

上面第一行字寫著：「早上七點整，沁芷柔咬著吐司跑著去上學時，與弟子一號撞了滿懷。」

接著我看了看今天的早餐——白吐司、草莓果醬、牛奶。

這早餐可以說是相當寒酸，但在食物有限的情況下，餐桌上竟然真的出現了吐司，何等不幸的巧合。

C高中的學生餐廳離宿舍有段距離，可是像沁芷柔跟風鈴這種風雲人物，肯定早就有人恭恭敬敬地替她們打點好一切，早餐這種小事完全不需要她們煩惱，形容成公主也不為過。

不會有需要親自處理雜事的公主。

……話說回來，像我這麼叛逆、隨時準備推翻師父的徒弟，大概也很罕見。

我大口咬著吐司，望著攻略本，沉吟著等一下要怎麼迅速且合理地展現我的失敗。

自稱師父的銀髮少女，肯定會躲起來監視徒弟的行動。

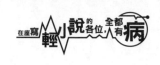

我必須成為一個合格的演員……不，應該說傑出的演員。

只有裝得像模像樣，讓銀髮少女覺得弟子一號無可救藥，她才會甘心捨我而去。

很難嗎？好像不會很難。

成為宇宙廢棄物中的霸主，本來就是我前進的方向，現在不過是把時間縮短無數倍而已。

哪怕註定要融化在太陽的光芒之中，在徹底消失之前，也能劃出璀璨而華麗的軌跡吧。

「很好。」我將最後一口吐司吞入腹中，「我的心態，絕對是無懈可擊。」

接著緊握雙拳，以拳頭壓住餐桌，站起身來，「那就上吧！」

女學生被分為兩批，大部分住在女生宿舍，剩下的住在教師宿舍。

用最粗略的推理模式，也能得知沁芷柔這種校園偶像級別的人物，肯定是住在設備較好的教師宿舍中，然後等同（僕）學（人）送食物過去，悠哉地享用早點。

承上，就等於……我柳天雲，只要待在教師宿舍通往教學大樓的必經之處，就保證能碰見沁芷柔。

找到了最佳地點後，我盤腿坐在教師宿舍附近一棵大樹下，等待沁芷柔的到來。

銀髮少女肯定躲在某個地方監視我，於是我在心中最後一次模擬起攻略內容——

「早上七點整，沁芷柔咬著吐司跑著去上學時，與弟子一號撞了滿懷。

「沁芷柔跌倒在地，嬌嗔道：『笨蛋，你為什麼擋在路上？』接著弟子一號將沁芷柔扶起，兩人締造初始的回憶。

「中午時，弟子一號再次出現在沁芷柔面前，以賠罪的名義邀請沁芷柔共進午餐，兩人笑著開始進一步發展。」

竟然要用這種……怎麼看都超爛的計畫，去攻略校園偶像。

讓我赤手空拳去挑戰晶星人，一個人將他們全部殲滅，大概成功率還比較高。

六點四十分。

六點五十分。

……六點五十五分。

在視線的盡頭處、女生宿舍的大門口，開始湧現一大批女學生。

這讓我知道，沁芷柔要現身了。

如同遊戲裡的 Boss 在登場之前，必定先派雜兵打頭陣的原理；毫無鋪陳、一開始就跳出來自稱是魔王的角色，沒格調又讓人掃興，打倒也不會有任何成就感。

沁芷柔這類人，也是這樣——必須有足夠多的綠葉來襯托紅花，才顯得美少女的珍稀可貴。三十位女學生充當隨扈是基本數字，多的時候甚至高達上百人。

在耐心的等待中，打前鋒的女學生們終於過場完畢，接著由兩名女學生一左一右打開了大門，在強烈的心理暗示下，沁芷柔彷彿在一陣刺眼的光芒中登場。

「……」

沁芷柔有著淡金色的長髮，頭上戴著類似女僕裝的藍色髮飾，右鬢上方插著一朵水晶花。

她水汪汪的碧色雙眼彷彿能勾人魂魄，白皙的臉龐隱隱透出紅暈，眉目如畫，漂亮到給人一種不真實的夢幻感。

她身材嬌小，剪裁合身的水手服被豐滿的胸高高撐起，此刻嘴角勾起微笑的角度，甜得像蜜糖。

光是那笑容，就會讓情竇初開的少男心跳加速。

國色天香、沉魚落雁、出水芙蓉、閉月羞花、傾國傾城……身為一個熟練的作家，我腦海裡瞬間閃過這些辭彙，但頓時又覺得這些辭彙力度太低，不足以形容眼前的情況。

之前看照片，我就已經明白沁芷柔擁有強烈的存在感，不過本人的影響力比照片還要大，就算她混在數百人裡，也能一眼輕易發現她的位置。

「……果然嗎？」我摸了摸臉頰，感到有些發燙。

「就生理來說，我畢竟還是正常的男性……而魔王等級的沁芷柔，天生就擁有削弱我的光環……哼哼哼，看來是個強敵啊。」

我不著邊際地自言自語，以緩解緊張感，同時不想承認自己被沁芷柔的容貌所吸引。

沁芷柔跟我原本就是兩個世界的人，而我現在卻要在眾目睽睽之下，以愚蠢的攻略本向她發起挑戰，這讓我感到無地自容。

不過，無地自容，比死無葬身之地要好上百倍。

若是襲胸照片被告發出去，後果十分可怕。

而失去晨曦的下落，對我來說更是無法接受。想到這，我就必須鄭重、謹慎地去執行「師父」交代的任務，就算失敗，乍看之下也要敗得轟轟烈烈！

如眾星拱月般，圍著沁芷柔的女學生護衛圈，開始緩慢移動，往教學大樓前進。

計畫開始！

銀髮少女覺得我能成功攻略沁芷柔，絕對是想太多；而她的攻略本內容，偏偏又想得太少。

眾人眼中如公主般高貴的沁芷柔，怎麼可能會做出咬著吐司跑向學校這種事，她必須保持自身形象！

但，一切都在我的計畫之中。

由於沁芷柔團隊人數過多，像古代笨重的攻城車般緩慢推進，讓我有了足夠的時間站到路中央，擋住她們的去路。

……沒錯，我完全明白。

護衛隊們乍看之下聲勢浩大，然而在我眼中，她們之所以群聚，正是「個體」不夠強的表現，想藉著數量彌補質量……追隨沁芷柔的行為，也是弱者下意識被強者光輝所吸引，就像擁有正趨光性的蟲子看到路燈那樣，爭先恐後地湧上。

像我這種孤獨國的公爵、宇宙廢棄物中的霸主，絕對不會羨慕……不，絕對不會認同她們這種近乎玩耍的行為。

說到底，她們終究只是女高中生。

只要以眾人料想不到的方式，給予震懾、給予驚嚇，這些弱小的個體缺乏應對能力，自然就會散開，讓大魔王沁芷柔親自來擊殺我。

「哈哈哈哈哈哈哈哈……」我站到路中間，仰天大笑。

我足足笑了十秒。

沁芷柔一行人停下，護衛隊們果然像受驚的小動物那樣，互相交換不安的眼神，讓我覺得自己有點像攔路打劫的惡人。

「哈哈哈哈哈哈哈哈哈哈……」

在笑聲中，我忽然覺得現在很適合道出「此路是我開，此樹是我栽」這系列的強盜開場白。

然後我再笑了二十秒。

眼看時機已經成熟，我一邊大笑，以手掌按住臉，從指縫中露出眼睛，以自認炯炯有神的目光逼視她們。

「現身吧，沁……」

急促的腳步聲從背後響起。

「羚羊拳・改！」伴隨著含糊不清的怒吼聲，戴著口罩與鴨舌帽的銀髮少女，以旋風般的姿勢急停，一個側身，將拳頭重重打在我的腹部上。

我一句話都還沒說完，強大的拳勁就從我的腹腔灌入，把我所有的臺詞扼殺於萌芽階段。

「芷……嗚噗……」我痛苦地彎下腰。

以道具遮掩面容的銀髮少女，此刻雙手合十，朝著沁芷柔團隊做出了拜託的手勢。

「等一下、請等一下！」銀髮少女因奔跑而呼吸急促，「剛剛的不算數，把這小子借給我三十秒，妳們待在這裡先別走！」

「……」

在眾人複雜且莫名的目光中，我被銀髮少女拖到不遠處一個草叢的後方。

接著，少女將口罩往下拉，露出明媚的俏臉。

俏臉上，此刻爬滿強烈的憤怒。

「**弟、子、一、號**——」銀髮少女扯著我的制服上衣，一個字、一個字，從齒縫擠出抖音，「你到底……要讓我這個師父失望到什麼地步！為什麼不照著攻略本執行！」

攻略本？

您是說那短短幾行、從頭到尾都不可靠的自殺手冊嗎？

「咳咳，師父。」我掙扎著解釋：「沁芷柔沒有咬著吐司跑步上學，攻略本失去了作用，所以我自行……」

「別說廢話！」銀髮少女打斷了我的話。

「你身為弟子一號，就得忠實地完成師父的命令。舉例來說，你應該想辦法讓沁芷柔咬著吐司跑步上學，旁邊有護衛隊就暗地裡解決掉，而不是讓師父現在出來替你收拾殘局！」

我嚇傻了。

世上竟然有這麼不講道理的人？

什麼叫做「你應該想辦法讓沁芷柔咬著吐司跑步上學」啊？我如果能完美控制

女生的行為，交過的女朋友早就能塞滿整個C高中。

「師父，我認為……」我正想論述自己的觀點，卻又被少女無情地打斷。

「囉嗦！三十秒要過了！」

銀髮少女將俏臉湊到我的鼻尖前，那是只差一點點就能接吻的距離。

她薄櫻色的雙唇微動，以柔和、充滿危險的音調道：「我會大發慈悲地給你最後一次機會，弟子一號。

「如果再失敗，哪怕是說錯一句話，你對無辜美少女襲胸的照片，馬上就會傳遍整個校園……晨曦的下落，你下輩子才能知道。」

我立刻閉口。

……好一個無辜美少女。

這個「無辜美少女」本人，正準備將我推入萬劫不復的火坑中……

銀髮少女一推我的背脊，將我朝火坑——沁芷柔團隊推去，「那麼去吧，弟子一號。記住，為了寫出最棒的輕小說，你必須完美執行攻略本上的內容。」

我感到三魂七魄飛走了一半，渾渾噩噩地往草叢外走去，卻又被少女拉住。

「對了，給。」銀髮少女將一片白吐司塞進我的手裡，「我想，這個會派得上用場。」

「……」望著手中的白吐司，我的瞳孔隨之凝縮。

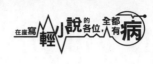

開什麼玩笑……

救我。

誰來救救我！

我打從心底發出的求救，自然沒有任何作用，因為獨行俠缺乏朋友，不會有人心電感應般聽見我的心聲。更不會像動畫那樣，有人鞋帶不祥地斷裂，特地趕來營救最要好的朋友——因為我根本沒有朋友。

已經是騎虎難下。

而且這頭老虎，正準備將我甩給另一頭老虎享用。

我以絕望的眼神，從口袋裡掏出皺巴巴的攻略本紙片，將上面短短幾行字讀了一遍又一遍，卻無法得到半點執行任務的信心。

這是一個局。

一個打從開始，就註定被將死的難局！

我鼓起所有的勇氣，如遊戲讀檔般，再次站到了沁芷柔團隊的面前，打算重新來過。

她們竟然耐心等了三十秒，維持著陣型乖乖等我回來，這點大大出乎我的意料。

這讓我首次明白，原來現實世界中，也存在著讀檔這回事。

不過，我從來沒有看過玩家會讀檔進入死局中，而且那條線路上布滿了荊棘與刀山劍海，玩起來一點也不有趣。

——換個思路，或許銀髮少女才是玩家，而我是她操控的角色，所以死不足惜。

三十多位護衛隊，以充滿好奇的目光打量我，使我感到雙腿開始發顫。

原定計畫被銀髮少女給粉碎，現在的我，只能在勇氣消失殆盡之前，忠實執行師父下達的羞恥 Play。

攻略本第一條：「早上七點整，沁芷柔咬著吐司跑著去上學時，與弟子一號撞了滿懷。」

「接招吧！」我悲憤地大吼，蹲下身，左手拿著師父賜予的白吐司，右手前伸貼地，做出了短程賽跑的預備起跑姿勢。

但，沒有裁判宣告比賽開始的槍聲，也沒有一旁觀眾席上替選手打氣的呼喊。

我所擁有的，只有一顆破碎得不成模樣的赤子之心……還有惡魔般的師父、躲在暗處窺視的詛咒眼神。

「……」調勻氣息，在一陣深吸深吐後，我以破釜沉舟般的氣勢，後腿一彈，拚盡全力起跑！

「沁芷柔啊啊啊啊啊啊啊啊啊！」我揮舞著雙臂奔跑，扯開嗓子狂喊。

隨著狂喊聲，一併帶起了如瘋狂鬥牛般的氣勢！

「咿——他要幹麼？」

「跑過來了耶？」

「速度好快，怎麼辦怎麼辦？」

「救命啊，有變態！」

女學生們亂成一團，驚呼聲在清晨的校園中，此起彼落地響起。

這些「弱小的個體」之所以驚慌，肯定是因為我瀕臨瘋狂的神態與跑步姿態，都在強烈傳達「——全都給我讓開！」這樣的念頭。

我很清楚，要將親衛隊們從群體打散為個體，只要展現出眾人無法企及的高昂氣勢，她們就會像小兵看到武將般，產生本能的畏懼，自動散開。

在我的狂喊聲中，親衛隊們果然迅速走避。

逐漸散開、散開——

散開了，一條讓我能通往沁芷柔的康莊大道。

又或者說，修羅之道！

……終於，在親衛隊凌亂走避的情況下，我的視線順利探入人群中，在人牆重重軰護的正中央，看見了嬌俏可愛的目標人物。

高嶺之花，沁芷柔。

「沁芷柔啊啊啊啊啊啊啊！」

我拚命往沁芷柔的方向衝去，沒有人敢阻擋我的衝鋒。好比宇宙廢棄物以燃燒自身為代價，就算是擁有大氣層保護的地球，也害怕這種亡命之徒式的撞擊。

隨著濁重的跑步聲，我終於排除萬難，站到了沁芷柔的面前。

微風拂起，伴隨著一陣香風，沁芷柔將幾絡飄散的淡金色髮絲撥到耳後。她美目一眨，長長的眼睫毛輕輕顫動。

沁芷柔穿著白底藍紋的水手服，因為胸前分量驚人，導致水手服最上面的鈕扣無法扣起，誘人的乳溝深深露出。

她下身刻意修改過的水手服短裙，幾乎捨棄了衣物保暖的原始功能，純粹以美觀為出發點，短到無法掩蓋大片白晃晃的腿部肌膚，相當引人注目。

「你有什麼事？」沁芷柔毫不畏懼地注視著我，說話帶著上位者的傲氣。

單是一句話裡頭蘊含的強烈驕傲，就把我烈火般的情緒給澆熄。

——錯估了。

我從來沒有如此接近沁芷柔過。如最高明的藝術家，精雕細琢設計的秀氣面孔；如最挑剔的設計師，費盡苦心創造的玲瓏身段。

誰都必須承認，她確實擁有自傲的本錢。

接近一看，我才發現沁芷柔的美少女指數遠遠超乎我的腦補，那是只能以完美來形容、會讓人產生窒息感的美貌。她渾身無一絲瑕疵，聲音又軟又綿，產生的女王氣場，瞬間奪走了我的思考能力。

……我是誰？我在做什麼？

眼前這個美少女……又是誰？

變得迷濛的意識，讓我不清楚自己究竟在做什麼。

然而。

然而——

在逐漸恍惚的腦海中，忽然浮現了一張不亞於沁芷柔的美麗臉龐。

那張俏臉，露出充滿惡意的笑容，對我嘻嘻直笑，彷彿正在警告我「失敗的後果」，使我的意識逐漸清晰、聚攏。

「……」是了……我是柳天雲。

我要……活下去！

「！」如同從夢中驚醒般，我猛然回過神來，發現自己依舊站在沁芷柔的面前。

……我要撐過這關。

然後，對銀髮少女……展開反擊！

接著，我對沁芷柔露出抱歉的表情，一晃手上的白吐司。

「嘴巴張開。」我有些不忍心，「張大一點。」

神態依舊高傲，沁芷柔一愣，張口似乎想要說話。

在她還沒回過神來之前，趁著空檔，我一口氣把白吐司塞進了她的小嘴中，然

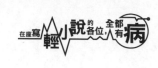

後以公主抱將她橫抱而起，輕輕放在地上，充當撞倒了她。

即使放下了她，柔軟的體感彷彿還殘留在手上。

「嗚──」沁芷柔發出沉悶的驚呼，嘴巴被吐司給塞滿，呆呆地望著我。

她顯然不知道該怎麼辦。

……但是我也不知道該怎麼辦。

照步驟二，沁芷柔跌倒在地後，就輪到她的臺詞了：「笨蛋，你沒有在看路嗎？」接著弟子一號將沁芷柔扶起，兩人締造初始的回憶。

我可以控制自己的行為，哪怕看起來愚蠢無比，我也能嘗試去做；而沁芷柔的行為，我卻無法控制。

「……」她將吐司從口中取出，雙手拿著吐司，黛眉微皺，似乎在思索什麼事情。

完蛋了。

她絕對是在設想，怎麼處死我這隻膽敢冒犯公主的蒼蠅。

被綁在樹上三天三夜、倒吊在頂樓陽臺處以晒刑，又或是像銀髮少女那樣將我的事揭穿，讓我難以在C高中存活。

沁芷柔仍在思考。

一秒過去。

兩秒過去。

三秒過去。

沁芷柔忽然眼睛一亮，像是得到了萬年難題的解答那樣神采飛揚，彷彿整個人都在發光。

她原先驕傲、令人喘不過氣來的女王氣場也瞬間解除，我感到壓力驟然一鬆。

「是那個對吧？」她問。

……是在說吊刑嗎？

「什麼？」我遲疑。

「充滿戀愛氣息的早晨開端呀，就像電視、小說、漫畫那樣！」沁芷柔的俏臉因為強烈憧憬，興奮得滿臉通紅，完全失去了平常的高傲形象。

「……」我不語。

「男孩子撞倒女主角後，兩人從此展開粉紅色的邂逅！」沁芷柔說得眉飛色舞，「如果男孩子再補上一句：『這不是偶然，而是我們命中的必然』，簡直尖叫指數滿分！」

「……」怎麼回事？

未知的恐懼化為一隻大手，狠狠攫住了我的心臟。

名為普通學生、實際為高嶺之花的沁芷柔，賞我一巴掌、向老師告發、命令親衛隊圍毆我，這些舉動都在我意料之內。然而，沁芷柔卻做出了讓人無法理解的反應，高高興興地與我搭話，就好像……已經期待了很久那樣。

就好像……她一直都在等待膽敢撞倒她的勇者出現，然後兩人按著超蠢的套路開始發展。

「……」我無言以對。

隨著越想越深入，忽然間，我察覺了一件事。

沁芷柔跟銀髮少女的共通點，並不只是雙方都是美少女，她們同時都擁有十足的怪人潛力！

難道C高中的美少女都是怪人？

「呵呵呵……真好吶。」沁芷柔興奮到雙頰潮紅，以自我滿足的語氣道：「有了親身體驗，就能做為寫輕小說的參考了。和香……愛子……等等我，人家以後可以把妳們詮釋得更好！」

沁芷柔的話語蘊含強烈的自我滿足，又帶著捉摸不定的夢幻感，就好像找到了某種不斷尋求的事物，只差沒流下口水……雖然她面向著我說話，但實際上她的行為更接近一個人自言自語，只是我剛好站在她面前罷了。

「……」我還是沉默。

遠超預期的展開，讓我遲遲無法找出完美的應對方式。做個譬喻，就像籃球比賽裡，對手忽然拿出高爾夫球桿狠狠把你揍倒似的，連作夢都沒想到會這樣。

「啊！」這時，沁芷柔像是忽然驚覺了自己的失誤，「你都做球給我了，人家是不是應該要回經典臺詞？」

她摸了摸光滑的臉頰，然後以羞怒的表情，雙手環抱在胸前，嬌喊出聲：「笨蛋，你沒有在看路嗎？」

「……」怎麼回事？我想要再讀一次檔。

沁芷柔的表現讓我徹底僵住了。

我應該要怎麼回？攻略本上沒寫。

在我極力思考時，我忽然聽見遠處順著風傳來親衛隊的竊竊私語。

「……沁芷柔大人又開始了。」

我以眼角餘光看去，親衛隊們湊在一起咬耳朵，不少人露出擔心的表情。

「明明平常又高傲又帥氣，卻對輕小說有狂熱的愛好，一旦沉浸在喜歡的東西裡，就變成另外一個人……」

「我聽說她為了寫出更好的輕小說，常常看著劇本傻笑，一個人對著鏡子擠眉弄眼，揣摩輕小說裡的女主角心境……」

「噓——沁芷柔大人不喜歡別人知道，我們必須裝作沒看見。」

……什麼跟什麼啊。

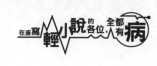

超乎預期的發展讓我有些發慌，即使我號稱是破萬戰鬥力的怪人，碰見這種怪事也會失去鎮定。

不，柳天雲，冷靜、冷靜……

想想可樂果，想想攻略本步驟三。

步驟三：「中午時，弟子一號再次出現在沁芷柔面前，以賠罪的名義邀請沁芷柔共進午餐，兩人笑著開始進一步發展。」

我望著坐在地上、充滿期盼的沁芷柔。

「……真是充滿意外與幸福的會面，下次再見面，請與我共進午餐。」我以呆板的語調，照著三流遊戲劇本，拋出直球。

「咦？」沁芷柔竟然又驚又喜，「我想想……沒錯沒錯，就是這個樣子的。好，下次我們一起吃飯。對了，你叫什麼名字？」

「……柳天雲。」

沁芷柔大概是察覺我以怪異的目光注視著她，臉上一紅，含羞帶怒，狠狠瞪了我一眼。

接著她順了順水手裙，優雅地站了起來，以牙還牙，把白吐司塞進我的嘴裡。

「柳同學，我必須先聲明一件事。」

一邊說話，沁芷柔調整了一下右鬢上的水晶花。

「我可不是奇怪的變態，只是為了寫出最好的輕小說，獲得晶星人的願望，所以才希望有特殊、旖旎的男女體驗。」

「會知道這些東西，絕、絕對不是我平常就沉迷於輕小說的關係哦！十八禁的同人漫畫什麼的、兄妹禁斷作品什麼的，人家也從來沒有看過喔。」

我嚼著白吐司，隨意點了點頭。

「……你好敷衍。」沁芷柔瞇起眼睛，「你現在吃的，是我這個超級美少女咬過的白吐司，如果拿出去賣，可以賣到好幾萬元。」

我充滿誠意地用力點頭，將好幾萬元的白吐司一口氣吃完。

……原來如此。

綜合先前親衛隊的低語，可以推測出——

沁芷柔是一個「設定系」的少女。這種人往往熱衷於虛構的內容，甚至不惜親身演出以滿足腦內的妄想與設定，沁芷柔顯然就是標準的設定系末期患者。

如果妄想內容都是一些偏離現實的設定，就會被稱為中二病。

在我看來，沁芷柔跟中二病也相去不遠，如果我是女生的話，她可能就會要求我訂下魔法少女的契約。

然而，這種人在從妄想狀態清醒過來、恢復正常後，通常會對之前的舉動感到羞恥，並恨不得搭時光機回到過去，阻止當初犯蠢出糗的自己。

這時沁芷柔乾咳了兩聲。

她臉上的紅暈慢慢消退，似乎意識到了自己的失態，眼裡閃過一瞬間的懊悔。

沁芷柔在極度的興奮過後，慢慢恢復了冷靜，高傲的神情已經重新回到臉上——又變成平常那個倨傲而自負、隨時開啟女王領域的沁芷柔，高潔而不可褻玩焉。

「咳咳。柳同學，你可以選擇忘記這件事，我們剛剛的餐廳邀約就當作沒發生過。」她偏過頭去。

我聽著她說話，站著靜靜觀察，又明白了一些事情，她也通曉「亡羊補牢，勝於不補」這道理。

想推翻過去的約定，身為校園級偶像，她顯然非常不樂意被人發現自己是個設定系少女。

「呃……」我謹慎地挑選著話語，一時不知道該如何回答。

……其實我很想當作沒發生過，可是某人就躲在一邊偷看，這事由不得我答應。

沁芷柔看我沒反應，哼了一聲，雙手抱在胸前，道：「對了，之前的事不准洩漏出去，不然我就發動人脈力量，毀了你的人生。」

「再來……不准因為人家模擬輕小說劇情對你好，你就得寸進尺……例如伸手亂摸，或是趴到我身上，想要發生嗶——的色色劇情。」

身材嬌小的沁芷柔伸出食指，在我胸膛上輕輕一戳，抬起俏臉與我對視。

「懂嗎？柳同學。」

我完全無法違抗她的女王氣場。

如果她像剛剛那樣，保持著傻笑的妄想狀態，絕對是個天真可愛的女孩。可惜那似乎是曇花一現，沁芷柔本人似乎也不願意主動展露特殊的一面。

跟銀髮少女一樣，沁芷柔也是個怪人，表裡不如一的那種。

「是……懂了，在下會嚴守分寸。」輪番受到兩個怪人的折磨，我心靈疲倦地回。

「哼。」沁芷柔整理了一下制服，回復一貫的優雅，「那我走了，記住你的承諾。」

接著，她漫步越過我身旁，走向帶領的小怪群……不，是親衛隊。

「沁芷柔大人！」

「沁芷柔同學！」

護衛隊們終於再次發揮功用，圍繞著她慢慢走遠，只留下滿心困惑的我。

還有，志得意滿地從草叢後走出的銀髮少女。

「怎麼樣，見識到了嗎？」銀髮少女卸下了鴨舌帽跟口罩的偽裝，踱步到我的身前。

對於之前發生的事情，她以勝利者的姿態，半帶炫耀地向我開口解釋：「弟子一號，你未免太小看我了。你真的以為我從遊……從現實萃取出來的精華，只是為了讓你出洋相？

「沒有真心誠意合作的夥伴，會不去詢問對方的名字。而你……完全不打算知道我的名字，甚至連敷衍性的詢問都懶。恐怕你打從一開始，就只打算榨取我身上的情報，再找機會將我這個師父甩開，是吧。」

少女的每字每句，如刀如斧。毫不留情的銳利話語，將我原本的圖謀給狠狠戳破。

……她說對了。

我從來沒有真心誠意地打算與銀髮少女合作，我只是想取得晨曦的消息，還有阻止對方散布襲胸照片。

我原本認為扮成一個「表面上」什麼事都說出口的挨揍傻瓜，銀髮少女就不會發現我叛逆的心思，看來我高估了自己的演技。

又或是……小看了對方。

少女將鴨舌帽往我的頭上斜斜一套，遮住了我的視線。

也遮住了我發白的臉孔。

「你的眼睛，如果只是用來裝飾的話，那就這樣一直蓋著吧。」

「根據我的調查，沁芷柔因為太過高傲，沒有真正的朋友，只能轉往二次元尋求安慰。她最喜歡重複翻閱的少女漫畫跟輕小說裡，有百分之八十都出現了早晨咬著吐司、男女主角相撞的情節。

「而根據我的監視器……咳，根據我的預料，沁芷柔一個人在鏡子前練習過很多次，萬一有一天發生類似的情節，該用什麼語氣說出經典臺詞。

「也就是說，這是最適合用來攻略沁芷柔的方式。破局先破心，滿足她的心靈層面，讓你看起來不那麼礙眼，成功率自然大大提高。

「所謂的蠢蛋呢，就是喜歡自作聰明的傢伙。暗自在懷疑我這個天才少女嗎？憑你？」銀髮少女冷笑，「你所有舉動都在我的意料之內，連那份小聰明也是……承認自己是標準的蠢蛋吧，弟子一號！」

銀髮少女的話語，化為一支支利箭射擊在我的心坎上，「匡啷」一聲，將我原本就被沁芷柔折磨得殘破不堪的心靈，徹底粉碎。

……原來如此。

我以為我戰勝了對方，實際上，我只是受銀髮少女擺弄的一枚棋子。

我笑別人痴傻呆，他人笑我看不穿。

在我暗地裡嘲笑少女的攻略本時，其實已經半隻腳踏入了陷阱中，對方同時也嘲笑著我的無知。

我算計了三步，她也算計著我，並預料了三十步，甚至連我對她的不信任，都在她的計畫之中。

好一個，將計就計；好一個，螳螂捕蟬……黃雀在後！

我將鴨舌帽從臉上取下，然後睜開雙眼，以全新的目光，審視眼前的銀髮少女。

她微微一笑，繞著我身周慢慢踱步，走到我身後時，以平淡的語氣開了口：「其實你敗得不冤枉，弟子一號。我的外號很多，其中一個……叫做『幻櫻』。」

……幻櫻？

我遲疑了一下。很熟悉的名字，似乎曾經聽過。接著，腦海深處，猛地翻攪出了關於這名字的記憶。

那記憶也如炸彈般，將我炸得遍體鱗傷。

幻櫻——**「史上最年輕的天才詐欺師」**這幾個字，如閃電般橫過我的心頭。

據說她不斷轉學，在每一所高中都是讓師長頭痛的不定時炸彈。對於校方的頭痛，我可以理解，擁有隨時會犯下重大詐欺案、上報紙頭條的一名學生，確實誰也不會高興。

據說她連臉也不用露，光靠聲音蠱惑，就能把人騙得團團轉。

據說她曾經從黑心商人那邊騙取了數十億資金，以募款名義全部納入囊中。

據說，她曾經與祕密前來吸收新成員的ＦＢＩ對抗，連續三次把陌生人假扮成她，讓ＦＢＩ次次無功而返。

眾說紛云，已經接近「奇蹟」範疇的傳聞比比皆是，如「她騙過了癌細胞，讓重病患者痊癒」、「只要她想，連神都能騙過」等等。

……喂，如果妳真的能騙過神，那就去騙死神吧，讓人死而復生，然後成立個幻櫻教，肯定是下一個大熱門宗教。聖水的話，就用妳的口水好了。

太離譜的傳聞會勾起我想吐槽的衝動，但又忍不住會去猜測，到底有哪些消息是真的。

一切都只是「據說」，但哪怕其中只有一條是真的，就無愧於天才詐欺師的崇高名號。

她常常犯案，卻每次都乾淨俐落地達成完美詐欺，從來不留下破綻，讓講究證據與犯罪物證的警察只能乾瞪眼，最後以惱恨的表情，見證詐欺界神話的誕生。

然而……從來沒有人知道詐欺師少女的詳細信息，只知道她與我同歲，是高中二年級的學生。

而高高在上的天才詐欺師少女，一向只以代號出現，不屑將真名告訴眾人。

幻櫻——就是她最常用的代號之一。

我久久無法從「幻櫻」這名號的餘威中回過神來。

……在C高中這麼多人裡，偏偏挑中了身為寫作高手的我，強行收我為徒。

……以怪人制衡怪人，她料到了我會在沁芷柔面前大笑，並出奇招。

……她連沁芷柔的「設定系」癖好也計算進去，所以看見我不照著攻略本行動時，馬上跳出來阻止我。

少女從出現至今的一幕幕在我面前迅速回放，那些看似無比巧合的發展，原來全是精心設計下的產物……已經近乎未卜先知。

已經……近乎奇蹟。

而引發奇蹟就是幻櫻的強項。

巧妙策劃、果斷行事，連我柳天雲都被耍得團團轉的騙人手腕——隨著不斷搜刮腦海中的記憶，我對銀髮少女身分的懷疑，正在迅速減少。

銀髮少女露出些許笑意，明顯在欣賞我的內心掙扎。她的天藍色眼眸，彷彿能夠看穿一切。

她從一開始就在裝傻。

假裝自己很弱……假裝自己不過如此。

最後以美少女的身體對我做出誘惑，以詐欺師的智謀對我進行壓制，以師父的名號對我下達命令——任何一項，少女明顯都樂在其中，充滿心理快感的挑逗，似乎讓她如成癮般無法自拔。

——我根本就不是她的對手，先前勢均力敵的情勢，只是銀髮少女為了讓局面更加有趣，所做出的偽裝。

「嘻嘻，你怎麼忽然一副傻樣，之前不是很能言善辯嗎？」

此刻，傳說中的詐欺師神話，幻櫻本人，正俏生生地站在我面前，近乎調戲地對我發笑。

她不知道從哪裡又拿出了一片白吐司，一小口一小口地咬著。

「以後乖乖聽話，不准再違抗師命……至少表面上不行。

「瞭解嗎？弟子一號。」

表面上不行？

然後她模仿沁芷柔先前的舉動，將吃到一半的白吐司塞入我的嘴中。

味如嚼蠟。

「這是行動成功的獎賞。」

……獎勵好少，而且好爛。

「……你那是什麼眼神，不滿意嗎。」幻櫻發現了我的不滿：「還有，為什麼沁芷柔吃過的吐司，你就吃得津津有味？」她往奇怪的地方提出了質詢。

「我沒有不滿。」我道：「也沒有吃得津津有味。」

「是沒有不滿，還是……不想說出不滿？」幻櫻捏了捏我的臉頰，「嘻嘻，話中藏話，很有個人風格嘛，弟子一號。」

她的手指輕輕滑下，沿著我的臉龐、下巴、鎖骨，一路前進，最後停在胸膛。

她以手指按著我的心臟部位，彷彿正在觸診，又好像在判別我的心跳速度。

厲害的專家，可以從細微的心跳變化中，察覺對方有沒有在說謊，幻櫻肯定也是此道高手。

「你跟一般人比起來，也還算聰明。想擺脫弟子一號的稱號，那就嘗試著打敗我吧——當然你得偷偷來，被人家發現的話，就抹殺你在C高中的存在價值。」

……美少女都喜歡抹殺別人的存在嗎？

「我喜歡聰明的男人，如果你真的能做到的話……人家任你擺布也可以哦。

「順帶一提，我當然還是處女。」

幻櫻露出楚楚可憐的表情，那清純的模樣與惡劣的話語，形成了巨大的反差。

像是要炫耀自己的美貌那樣，幻櫻不懷好意地將臉孔湊近，縮短我們之間的距離。

幻櫻天藍色的瞳孔，深邃得令人產生本能的畏懼，又帶著些許魔性的魅力，讓人無法移開雙目。

接著，她踮起腳尖，伸出粉嫩的舌頭，在我嘴角處輕輕劃過。

「有麵包屑……這樣子的獎賞，你還滿意嗎？弟子一號。」

我感到臉上發燙，跟沁芷柔只是輕咬麵包不同，剛剛幻櫻把吃到一半的吐司塞到我嘴裡，現在又輕舔我的嘴角，嚴格來說已經間接接吻了兩次。

在血液湧上腦海的瞬間，我忽然理解了一件事。

幻櫻要我試著打敗她。

……收下弟子一號、鍛鍊我的寫作能力、獲取晶星人願望，大概只是她的目的之一。

如同我失去了晨曦後，對寫作感到興味索然——

身處高處的風景，如果一直獨個兒欣賞，也會感到寂寞難耐。

幻櫻早已成為詐欺界至高的強者，以無敵來形容也不為過。她一直單方面利用所有人，或許一直在期盼著有人能夠騙倒她，讓她得以享受前所未有的高度愉悅。

所以幻櫻期待能夠擊敗她的宿敵出現——就像沁芷柔期待咬著吐司互撞的情節那樣，對人生中缺乏的事物產生本能的渴望。

……想到這裡，我突然驚覺了三個怪人的共通點——都在找尋自己缺乏的那一塊拼圖，想將人生拼得圓滿。

我缺乏寫作上的對手，想見晨曦；幻櫻打算培養出能跟自己一較高下的詐欺者；沁芷柔盼望輕小說裡的浪漫情節出現。

或許怪人之所以會成為怪人，正是因為擁有不同原因形成的寂寞，追求著難以企及的思願，一日復一日，強烈的憧憬逐漸轉化為失落，進而讓怪人越來越怪。

如果我的推測沒錯，幻櫻一直在等，等著過去從未出現過的詐欺勁敵。

之所以會看中我，一邊裝傻一邊接近，強行收我為徒，應該不止是看中我寫輕小說的才能……同時也是中意我的奇怪個性，因為就各種層面上來說，只有怪人能夠出奇制勝，進而打敗比自己更強的人。

也就是說，幻櫻雖然一直揍我，但她不允許的是「被師父發現的拙劣叛逆行為」。如果我能偷偷摸摸、暗地裡計算並打倒她，她絕對會興奮到不能自已。

——以近乎後知後覺的遲鈍，我終於明白了一件事。

幻櫻比我強。

而且強上很多很多。

這也代表了一件事——怪人徒弟與怪人師父，我與幻櫻的師徒孽緣，顯然還有很長很長一段路要走。

「哼哼哼……」我與幻櫻互相凝望，然後我以手按臉仰天大笑，完全無法抑止這樣的衝動。

「哈哈哈哈哈哈哈哈哈……」

我竟然在發顫。身上的怪人血液，不由自主地沸騰，從而讓身體激動發顫。

「這不是很有趣嗎？有趣極了。幻櫻，我柳天雲……接受妳的挑戰！」

幻櫻朝我的肚子上打了一記羚羊拳，笑靨如花。

「叫師父，重來一遍。」

「師父，我柳天雲……接受妳的挑戰！」

幻櫻往我的肚子打了第二拳，笑得更加燦爛。

「竟敢忤逆師父？再重來一遍。」

「師父，我柳天雲……以後會好好孝敬您，各種意義上都是。」

「很好，這樣就對了。」幻櫻拉住我的手臂，輕輕牽動我的身體，朝著C高中教學大樓走去。

表面上和樂融融一起上學的師徒，私底下卻是勾心鬥角、暗潮洶湧。

與此同時，我在心裡暗暗立誓——

……給我等著，幻櫻。

我絕對會推倒……不，我絕對會打倒妳的！

第四話

我的錦囊戀礙選項

招惹了沁芷柔、得罪了詐欺師幻櫻，真是一個充滿災難開端的早晨。

坐在靠窗的教室角落，我趴在桌子上，感到筋疲力盡——有生以來第一次，為了能參與學校的課程而感到高興。至少在這裡，我碰不見充滿惡趣味的師父。在教學大樓分開前，幻櫻道出蹺課的打算之後，就消失無蹤。

早上第一堂課來臨，輕小說課。現在只剩下國文課跟輕小說課了。

上課鈴聲準時響起，戴著厚重圓眼鏡的數學老師，也十分準時地走了進來，他的手中抱著厚厚一大疊輕小說。

等等，數學老師？應該由國文老師授課吧。

「起……」原本正要高喊全班起立、敬禮的班長愣住，說道：「老師，你走錯教室了，這堂是輕小說課。」

「我們C高中總共一千四百多名學生，三個年級，共三十個班級。」數學老師揚起眉毛，解釋：「現在全校都在上第一堂課，班長，你覺得我們學校有三十個國文老師嗎？」

「這、這個……好像沒有。」班長低聲回。

「這就對了。」數學老師將一大堆輕小說散亂地放在講桌上，「好，那敬禮免了，開始上課。」

數學老師抓起一本輕小說，以藏在厚重鏡片下的雙眼觀察，似乎在考慮從何教起，這對所有老師來說都是一項大挑戰。

《拿出妹控氣概吧》，我看見了那本書的書名。

封面上是一個身材嬌小、俏臉生暈、頭髮略微蜷曲的褐髮美少女。

「妹系作品，輕小說流行的元素之一。」數學老師皺眉道：「其實老師也不是很懂，你們傳閱一下這本書。今天的目標，是每個人寫出一篇妹系短篇輕小說。

「經過討論，決定由老師們做為評審，參考段考公布名次的方法，每個禮拜五放學，在校內『公布欄』列出小說家排行榜，公布當週輕小說寫得最好的前二十名學生，並集中起來，加以菁英式培育。」

「今天剛好是禮拜五，每週的公布日——將以大家今天寫的妹系小說做為參考，決定出第一週的小說家排行榜，並讓前二十名進入菁英培育班。請各位同學把握機會。」

教室裡的大家正在努力消化新訊息……不過其實說來簡單，就是每週公布一次排行榜，前二十名能受到更好的培育；而今天寫的輕小說，決定這週的排行。

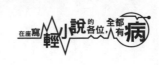

數學老師說完話不久，教室後面就有一位留著平頭的男同學大聲質問：「進入菁英班有什麼好處？一天到晚苦讀書嗎？我可不要！」

數學老師一推眼鏡，想了想，似乎考慮了一下，才道：「提早告訴你們也沒關係，其實晶星人在校長室內留下了二十部奇怪的儀器，一旁附有說明書……」他說到這停了停，賣了一個關子，確定全班的注意力都被他吸引，才繼續說下去：「校長看過說明後，赫然得知那些儀器竟是『輕小說虛擬實境機』。

「派人初步體驗過機器，校長發現擬真度高到了驚人的地步，討論後決定給菁英班學生使用，藉由體驗各式各樣的輕小說劇情，增進菁英班的輕小說實力，」

輕小說虛擬實境機？

教室內所有人的臉色都變了。

……也難怪大家驚訝。

虛擬實境，這四字不知道是多少人追求的夢想，只要坐進類似太空艙的密閉空間裡，意識就能進入遊戲中，能如臨其境地用親身視角去玩遊戲，比起用鍵盤、滑鼠、搖桿等方式來遊玩，絕對是有趣萬倍。

而地球礙於科技因素，虛擬實境始終還停留在雛型階段，只擁有最初步的體驗措施——晶星人竟然已經研發完成、能夠量產了。

科技實力相差實在太大，或許在擁有先進技術的晶星人看來，我們跟還在鑽木取火的原始人也相差不遠。

而輕小說虛擬實境機……這代表著什麼，不言而喻。

小說裡各種令人羨慕的劇情，可以親身體驗——跌倒通常能與美少女摔在一起；講話再怎麼無趣，也會有美少女自動貼過來；吵架永遠不會決裂，反而是感情升溫的契機。

有了虛擬實境機，二次元的美少女，將不再遙不可及、不再死板，能活靈活現地直接與其對話、接觸，甚至牽手擁抱。

我無意中轉頭一看，嚇了一跳，因為聽完老師的說明後，教室內的同學眼神全變了。

「我要成為菁英班其中一員。」有人斷然道。說話的人，就是剛剛大嚷著不願意苦讀書的平頭男，他滿臉興奮，好像已經入選了菁英班那樣。

「我要贏！」又有人用力拍桌，「誰都別想跟我搶菁英班名額，想都別想！」

教室裡的情緒驀然高漲，連女生們都不例外。也對，市面上女性向的輕小說為數不少。

所有人都受到虛擬實境機的吸引，顯露出強烈的獲勝渴望。

這或許就是校方的目的。在角逐壓力下成長，然後嘗試去奪冠。

也就是說，C高中採取了競爭政策，將名次赤裸裸地公布出來，並拋出虛擬實境機做為香餌，名列前茅的學生受到後面學生的追趕，他們害怕被超越，自然會精進自身，不敢懈怠，長久下來，就會提升C高中的輕小說整體水準。

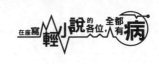

由於國三就封筆隱退，我已經很久沒有寫作了。

但這一次……我會重出江湖。

虛擬實境機固然吸引人，但那並不是我復出的主因。幻櫻對我的挑釁，激起了我的求勝慾望。想擊敗詐欺師的強烈渴望，從得知幻櫻的真實身分開始，就纏繞在我的心頭。

除了想知道晨曦的消息外，我也決定向幻櫻證明，不需要進行奇怪的攻略，在寫作上，我柳天雲……也能證明自身的強大。

或許看見我的輕小說實力後，幻櫻會改變主意，不再讓我去做奇怪的事情。

集齊揭開封印的要素，我終於久違地拿起筆，重新開始創作。

這堂課的課題是「妹控小說」，而且根據作品好壞，直接決定了第一波入選菁英班的學生。那麼，如果想要證明自己……這一次的寫作內容，絕不能怠慢以對。

我手持黑色原子筆，在作文簿上唰唰唰地劃過，寫出一行又一行字來——

現實中，十個妹控裡，有九個沒有妹妹——唯一的例外，多半是在腦海裡製造虛擬妹妹、藉以逃避的有病傢伙。

「如果是哥哥的話……可以哦。」

「長大了，人家要當哥哥的新娘子。」

這是年幼時的妹妹，嬌小可愛、純真善良。

「去樓下幫我拿東西上來，快一點。」

「別開玩笑了，為什麼我非得跟〇〇〇一起出去不可啊？」

而青春期後的妹妹，會變身為直呼兄長姓名的怪物，凶暴等級隨著年齡不斷增長。

人類總會下意識地將對於美好事物的嚮往加於自身，期盼、希冀，變得飄飄然，最後被現實構成的大鐵鎚給敲醒，迎來從雲端跌下的絕望。

幻想破滅的剎那，有些人會苦笑搖頭；而承受力差的人則會惱羞成怒，轉而往腦海裡製造虛擬妹妹，成為規格外的存在。

不管是什麼反應，對於現實妹妹的失望，都會化為揮之不去的苦澀感，讓每一位曾經是妹控的勇者漸漸笑不出來。

正因如此。

正因如此——

所以，沒有實妹的人……才擁有成為最強妹控的資格。

從一開始就不存在失望的可能性，這樣子的想法，絕對是無敵的。

天下無敵。

亡命之徒之所以可怕，是因為沒有退路，才能毫無顧忌。

沒有實妹的妹控之所以強悍，也是同理。正因為一無所有，所以不用害怕失去——從最底端往上爬的人，不管最後攀到哪裡，對他來說都是嶄新的高度。

這樣的人，能將己身化作最強之矛。

而二次元中，存在著所有人理想中的妹妹——傲嬌、病嬌、天然呆、冰山美人，只要你想得到的，應有盡有。

不曾被現實所汙染、完美無缺的妹妹們，當然也不會隨著時間荏苒而逝，變成陌生的存在。

小時候一句認真的承諾，就算過了十幾年，諾言只會更加深刻，牢記於雙方心中。

而不是變成「哈？你傻了嗎」這種滿是絕望感的臺詞。

得到足夠的心靈支持，再軟弱的人也可能激發潛力，挖掘出屹立不搖的勇氣。

也就是說……二次元妹妹，將會成為守護哥哥的最強之盾。

綜合以上，如果做個結論，那就是——沒有實妹，又控二次元妹妹的妹控，就是集攻守為一身的完美綜合體！

將對於妹妹與妹控的理解載之於紙，這時大家傳閱的妹系小說，《拿出妹控氣概吧》傳到了我的手上。

我稍稍翻閱了一下，立刻明白這作者是真正的妹控。

接著花了幾個小時，我洋洋灑灑寫了一萬多字，回過神來時，已經是午餐時間。

我從頭到尾迅速複讀了一遍，這篇妹系輕小說還是相當不錯的，起承轉合都十分完美，如果沒有意外，在今天公布的排行榜裡，我一定能夠拿下第一。

我呼出一口長氣。

「……」從忘我的寫作境界中退出，精神鬆懈下來的瞬間，我才察覺教室裡的氣氛異常低迷。

環顧四周，有些人緊皺眉頭，有些人咬著指甲，有些人心不在焉地轉著筆——他們的面前，都擺著只寫了寥寥數頁的作文簿。

可以理解眼前的情況。就算再怎麼想贏、想玩輕小說虛擬實境機，也不會忽然化身寫作之神。

而且第一次寫小說，總是特別難下筆。

作家有個通病，寫作多年、成長茁壯，再回頭去看當年寫的處女作——就算當初的拙劣，相對也印證了今日的成長，還是會害羞到恨不得找個地洞鑽下去，覺得自己當初寫的東西簡直不堪入目。

要將心中所想、躍然於紙上傳達給眾人，可沒那麼容易。有一百分的好點子，卻只有六十分的說故事能力，那最後能發揮出來的，最多也是六十分罷了。

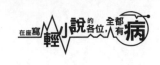

但如果相反過來，一個六十分的點子，讓擁有一百分說故事功力的人來講述，很有可能會達到七十分、甚至八十分的水準。

即使排除本身實力，我的寫作經驗也遙遙領先眾人，光是說故事的功力就差了一大截——面對許多初嘗寫作的菜鳥，我現階段真正的敵人其實很少，但隨著時間過去，有天分的人掌握了訣竅，強敵就會迅速增加。

在倉促的先決環境下，憑我過去累積出來的實力，就像已經先參加過新遊戲的封閉測試、公測再跟純新手比賽那樣，在其他人還相對弱小的此刻，我的勝算達到了最高峰。

今天的小型比賽結果，將決定進入菁英培育班的前二十名學生。進入菁英班，不但意味著能使用虛擬實境機，一旦享有更多資源、師資，就能在寫作上繼續領先別人，維持不敗地位，以勝利帶來接連不斷的勝利。

我的大體方向，自然是進入前二十名。

不過就我個人猜想，這一次拿到冠軍應該是件很容易的事。

寫作……並不是寫越多的人越強；可是寫作強的人，幾乎都累積過大量練習。

這是毫無取巧餘地、只能以個人腹中墨水去揮灑出一片天地的考驗。

我寫過的小說字數總量，是三千萬字。

愛情小說、輕小說、奇幻小說、武俠小說等等，幾乎全部嘗試過，並且參加不少文藝比賽得到獎項。

從小學一年級開始……到初中三年級為止，足足九年的時間，我每日不曾間斷地練習寫作，每日至少寫七千到一萬字，直到「晨曦消失事件」發生，我才停止寫作，中斷了這個習慣。

可是，說一句不客氣的話，瘦死的駱駝比馬大。

就算升上高中後我不曾寫作，此刻重新動用塵封的技藝，我也不認為會在現在這個階段……這個到處充斥寫作新手的階段，輸給C高中任何一人。

所以我的目標是冠軍。

就算明知道是在被幻櫻利用，我的目標依舊是冠軍。不是屈服在幻櫻的淫威之下，也不是受到晶星人的願望誘惑……只是不比則已，若是參與比賽，在寫作之道上，我不想輸給任何人。

如此而已。

如此……而已！

叮叮噹噹……叮叮……噹噹……

上繳作文簿後，宣告午餐時間的鈴聲恰好響起。

在鈴聲響起的那一刻，教室門口的方向，傳來刺耳的摩擦聲，聽起來很像奔跑中的皮鞋在地板上緊急煞住所造成。

「弟子一號，我來接你了。」嬌脆的嗓音傳來。

隨著聲音一起出現的，是一個被寬大黑袍裹住全身的身影，她連臉孔都藏匿在斗篷的陰影下，只露出一對閃閃發亮、充滿狡獪之意的雙眼。

「我不想太過引人注目。」幻櫻解釋。

我明白她的意思，幻櫻意指她太過漂亮，如果像沁芷柔或風鈴那樣拋頭露面，會引起大量學生圍觀、追隨，為了避免這樣的情況，她只能罩上黑袍。

……不過，一個黑袍人在校園中行走，也夠驚悚了；如果在學校留到太晚，這種裝扮，說不定會被警衛當作可疑人物逮捕。

我忽然想起之前在沁芷柔團隊面前現身時，她的偽裝是鴨舌帽跟口罩，看來她的花樣還挺多的，外表如同她的個性一樣千變萬化，讓人無法認清。

我站起身，無視其餘同學驚異的目光，朝著黑袍少女走去。

「嘖，動作好慢！」幻櫻一邊咂嘴，同時將一團異物塞到我的手中。

「給，拿好了。」

我伸展手心。三個直徑約兩公分的布製小包，靜靜地躺在我的手掌上。布製小包作工有些粗劣，開口以金絲綁住，整體是淡藍色，上面有海水般的波浪紋路。

仔細一看，錦囊上面按照順序，分別繡著「一」、「二」、「三」這樣的數字。

我看來看去，依舊一頭霧水，開口問道：「這是什麼東西？」

「錦囊。」幻櫻回得很迅速。

「……錦囊？」我狐疑。

「是的，親愛的弟子一號。」

「為什麼給我錦囊？」

「為師聽到消息，今天沁芷柔心血來潮，決定降臨學生餐廳用午膳。很明顯這與早上的事件有關，她將機會拋給你，期待著『再次見面，邀請共進午餐』這種充滿粉色氣息的事件發生。

「也因為你總是不聽人家的話，喜歡自作主張。」幻櫻說道：「你可以把這當作新的攻略本，待會跟沁芷柔吃飯時，遇到難題就將錦囊遞給對方，讓她拆開來看，問題自然迎刃而解。記得要按照順序打開。」

遇到難題就讓對方拆開錦囊？問題迎刃而解？

哈哈，別開玩笑了。我正想這麼說，看到幻櫻認真的表情後，又把話縮了回去，「……來真的？」我充滿懷疑地道。

幻櫻肯定地朝我點了點頭，並對我比出大拇指。

得到肯定的答覆，我心臟一揪，恐慌爬滿全身。

「不不不，師父，我覺得這不妥，大大的不妥。」我急忙道：「沁芷柔又不是遊戲中的NPC，只會按程序做出固定答覆……要知道女人心海底針，用錦囊來解決難題，這完全不現實。」

「哼，愚蠢的弟子一號！」幻櫻柳眉慢慢豎起，「無知也要有個限度，你難道沒聽過『錦囊妙計』這個典故嗎？」

我當然聽過。

所以才想吐槽。

「錦囊妙計」是指封裝在錦囊中的神妙計謀。《三國演義》裡曾寫到這一段：東漢末年，魏、蜀、吳三國鼎立，某次碰到危急情況，蜀國謀士諸葛亮將三個錦囊交給趙雲，裡面有三條妙計，趙雲在遇到難關時依序將錦囊打開，果然成功解決難題。

好一個典故。

好一個……錦囊妙計！

《三國演義》裡的內容，有許多是虛構的，所以我才對幻櫻的提議充滿了不安；再者，我也不認為幻櫻能跟諸葛亮一樣厲害。此外，與諸葛亮做法相異的是，他吩咐趙雲自己打開錦囊，而幻櫻則讓我將錦囊交給對方拆開。

「我聽過這個典故，師父。」我無奈地捧著三個錦囊，試圖說之以理：「不過那個……這個……妳不是諸葛亮，我也不是趙雲，是不是能換個比較可靠的方法？」

「你是想說，我的方法不可靠？」幻櫻露出可怕的笑臉。

「……」

「我不管。」幻櫻雙手抱胸，蠻橫地道：「你照做就對了，別再耍小聰明，不然就公布你的襲胸照片，讓你嘗嘗被眾人鄙視的痛苦。」

……她再次祭出了必殺絕招。

感覺這三個錦囊會出現，完全是幻櫻玩了三國志遊戲後，突發奇想：「真想做做類似的事。」於是就拿我來開刀，愉快地將唯一的徒弟當作實驗品，並聰明地料到我會違抗錦囊裡的命令，所以錦囊得交由沁芷柔來開啟。

完蛋了。

現在的我，別無退路。

此刻，我只能絞盡腦汁找尋機會，然後選擇相信——自己能像上次一樣，在危急關頭，再次締造奇蹟。

「弟子一號，如果你敢自己偷偷打開錦囊的話，錦囊裡的感應系統會立刻偵測，我就把襲胸照片貼遍校園每個角落。記住，我會在暗中監視你的一舉一動。」

在幻櫻的威逼下，我被迫往學生餐廳走去。

我看不見幻櫻躲在哪裡，或許藏身於某棵樹後，又或許偽裝了起來，不過總能

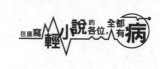

感覺到一股冷洌的視線射在我的背上，刺得我背脊生疼。

我明白，沁芷柔早上的脫序行為，大概只是宿願得償、心情激盪之下，如同醉酒般的豪放舉止——當她清醒過來後，很有可能會羞愧得想除掉我這個看到她真面目的該死蒼蠅。

因為沁芷柔肯定想要在眾人面前保持女神形象，完美而尊貴，傲然不可高攀。只要她冷靜後仔細想想，就能想清楚……以我柳天雲的身分，根本不配陪她玩這種角色扮演遊戲。

這推論的正確性，就我來猜測，高達百分之九十。現在沁芷柔大概已經想通了一切。

如今出現在餐廳，只不過是想引我過去，然後狠狠羞辱我一頓，讓我死了這條心。也就是說，這是一趟九死一生、無異於自殺的魯莽行動。

運籌帷幄的智者不做沒把握的事，驍勇善戰的將軍會避開差勁的戰局。

……而我柳天雲，正陷入進退維谷的絕境中，避無可避、閃無可閃，被難以處理的事情，直接砸上臉，弄得灰頭土臉。

三三兩兩為一組的用餐人潮正往學生餐廳移動，往常點綴了許多花草盆栽、看起來清新整齊的餐廳大門，此刻看起來簡直像散發著陰氣的地獄入口。

幻櫻在後方窺視，沁芷柔在前方等待我。

……前有狼，後有虎，讓人心中充滿了不安。

兩股壓力綜合起來，令空氣彷彿變得焦灼，每一口呼吸都要加倍用力，才能讓缺氧的心臟得以舒緩。

我跨過大門，走進餐廳。

在進入建築物掩體的那一瞬間，我卻笑了。

笑得嘴角上揚，笑得燦爛。

「哼哼哼哼哼……」

「哈哈哈哈哈……」我無聲大笑。

被逼得無路可走後，如狗急跳牆般，反而使我毫無顧忌地發揮出所有潛力，達到了前所未有的至高境界。如果自己現在照鏡子，肯定能見到瘋狂之色。

腦海翻攪，思緒轉念之快，讓我幾乎要頭疼起來。在剛剛有限的時間內，頂著飽受幻櫻注視的壓力，我想通了一切。

原來如此。

「幻櫻，妳畢竟還是小看我了。

「被逼到絕境的柳天雲，那是連我自己本人……都會為之畏懼的存在！

「『遇到困難，就將錦囊交給對方拆開』，妳自認這是戲耍我的最大武器……但這點，卻也是我升起反擊狼煙的關鍵！」

以手按胸，感受著熱血澎湃的心跳，我的心臟怦怦直響，猶如戰事挑起前的擂鼓聲！

「既然妳訂下蠻不講理的規則，那我就照著妳的規則去走，並利用妳的規則……來擊敗妳！以牙還牙，以彼之道還施彼身，如此而已……如此而已！」

在心中做出了豪氣的宣言後，我環顧餐廳，輕易地發現了沁芷柔——或者說，透過被眾人環繞的中心點，推測出她的所在位置。

就像當紅明星不管走到哪都會引起騷動，平常從不蒞臨學生餐廳的沁芷柔，今天罕見地來到這裡……這舉動就像往湖裡投下一顆大石頭那樣，激起了巨大的漣漪。

打算一睹芳容的愛慕者、湊熱鬧的無聊分子、眾多的親衛隊，一層又一層結起人牆，猶如不落之城的防禦壁，將沁芷柔用餐的餐桌給牢牢圍起。人聲吵雜，時不時有推擠發生。

看到那浩大的聲勢，做為混入人群中孤獨者，我的情緒其實也有些不安。

不過，在擊敗幻櫻，奪回襲胸照、擺脫「弟子一號」的身分前，我只能勇往直前。

「很好，樹藏於林，人隱於市……這替我提供了絕佳掩護。」我將額頭上的汗珠抹去，試圖安慰自己，「反過來想，把旁邊那些傢伙都想像成觀眾，在爭著欣賞本大爺死裡逃生的美技，這樣就行了。」

簡直是自欺欺人。然而……現在的我，也只能自欺欺人。

很多時候，人必須連自己都騙過，催眠自己「能夠做到」，才能臨場發揮出百分之百的實力。

「幻櫻，妳的計畫……妳的智謀，就算再怎麼高，也會有一個致命的缺陷。所謂的『陷入困難處境、交給對方拆開錦囊』，困難兩字……其實是自由心證，每個人對困難的定義都不同。

「假設不管沁芷柔說什麼，我都將其視為『困難處境』，她開口說話就交給她第一個錦囊，說第二句話給她第二個錦囊……如此一來，三句話後，所有的錦囊也就拆完了。

「接著我只要解釋那些錦囊都是惡作劇，沁芷柔就會對我的無聊玩笑感到厭惡，很快就會揮手把我趕開。

「一箭雙鵰，簡直完美……不，這比完美還要完美，堪稱人間第一機靈！」

我略微回頭，視線一掃，看向餐廳外不知道隱身於哪裡的幻櫻。

「幻櫻！妳的局……我柳天雲破了！」

「哼哼哼哼……哈哈哈哈……」這次我真的放聲大笑，扯開了嗓子將笑聲遠遠傳了出去。我雙手負在背後，一邊笑，一邊大步往前走。

很快就有人發現我的不對勁。

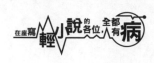

畢竟一個邊走邊大笑，嘴巴張得能塞下一顆蘋果的人，怎麼看都不是正常人。

我的怪異舉動在這些「正常人」眼裡看來，顯然接近於瘋子，所以他們爭先恐後地避開了我，如摩西分海般，原本擁擠的層層人牆，在我的大笑聲中，被破出一條開口。

「沁芷柔，我來了！」

我來……領死。

也是來……擺脫幻櫻，獲得新生！

但C高中就這些學生，很快就有人認出了我——

「啊，他就是早上那個衝撞沁芷柔大人的怪人！」

「他又來了，這次又想幹麼！」

「擋住他，派男生上去擋住他！」

透過摩西分海的壯舉，我看見沁芷柔正坐在五十公尺外的一張圓形餐桌前，手上端著小巧的咖啡杯，悠閒地啜飲著飲料。

咖啡冒著騰騰熱氣，她藏在氤氳霧氣後的一對鳳眼，也正注視著我，眼神冰冷。沁芷柔揮手阻止了想上前擋住我的親衛隊，顯然想親自與我對決。

看見那眼神後，我知道自己所猜不錯。

果然，她後來仔細思考過後，已經恢復女王模式，明白我根本不配與她玩「角色扮演遊戲」，所以想除掉我。之所以會依約來餐廳，不過是想給我一個慘痛的教訓，讓癩蝦蟆再也不敢生起吃天鵝肉的念頭。

「妳永遠叫不醒一個裝睡的人，同樣的，妳也無法讓一個執意要輸的人，害怕輸的感覺。羞辱我……然後擊敗我吧，沁芷柔！」我越笑越誇張，終於，我穿過人海，走到了沁芷柔面前。

一決勝負。

沁芷柔放下咖啡杯，發出「登」的一聲輕響，嬌聲嬌氣地道：「你可別搞錯了，本小姐……」

她一句話還沒說完，我立刻從口袋裡摸出了繡有數字「一」的錦囊，就像摸到燒紅的鐵塊那樣，快速扔給了沁芷柔。

沁芷柔沒有伸手去接，錦囊最後落在桌上，滑行了一下，碰上咖啡杯的邊緣。

「？」沁芷柔低頭看了看錦囊，以目光對我做出質疑。

「打開來看。」我哈哈一笑，故作神祕。

其實我也不知道裡面有什麼東西。

沁芷柔依言打開了錦囊，我看見她從裡面抽出一張小紙條。由於紙條很小，上面的字似乎也寫得很小，沁芷柔湊近觀看。

過了幾秒鐘，她再次抬頭看向我——雙眼滿含經過深沉壓抑的怒氣，如同要噴出火來，就像跟我結了八輩子的深仇大恨。

……那紙條是挑戰書嗎？我觀察沁芷柔的表情，做出推斷。

「紙上寫的……是真的？」沁芷柔竟然氣到發抖，連聲音都在發顫。

算了，是挑戰書也沒關係。我毫不思索，立刻繼續計畫，又將錦囊二拋給了沁芷柔。

這次沁芷柔竟然伸手去接，急不可耐地將錦囊奪下，也不等我催促，立刻打開錦囊來看——又是一張紙條，沁芷柔看完後咬牙切齒，臉色變了又變，連我都開始好奇裡面究竟寫了什麼。

「柳天雲！你別太過分了！」沁芷柔用力一拍桌，咖啡杯受震傾倒，黑色液體流了滿桌。

眼看目的已經達到，我把最後的錦囊三扔了過去。反正她都已經生氣了，也不差這一個錦囊吧。

「……」沁芷柔伸手接過，以凝重的神情緩緩打開，這次裡面除了紙條之外，她還摸出了兩枚作工粗糙的金色戒指。

我看見她閉上雙眼，深深吸了一口氣，飽滿的胸部更顯碩大。

過了幾秒後，沁芷柔終於睜開了雙眼，離開桌子，緩緩向我走來，接著抓起了我的左手，將其中一枚戒指套在我的左手中指上。

並把另一枚戒指，套在她白嫩的手指上。

接著，她像是舉起贏家手臂的裁判那樣，抓起我的左手腕，高高抬向天花板。兩枚戒指互相輝映，發出粲然金光。

餐廳內眾人的注意力，本來就被我們兩人所吸引，沁芷柔這舉動，讓四周的人看得更加入神。

「……」沁芷柔的五指緊抓，深深陷進我的肉裡。我吃痛，但沒有出聲痛呼，只是繼續保持微笑。

好強的握力。她的力量甚至比我還強，就算基於義憤，這握力也太誇張了點。

然後沁芷柔以極度壓抑的語氣，開口向眾人宣布事情——

「從今天開始，我打算跟柳天雲交往！」

「請大家別再追求我了，給我們兩人安靜的相處空間。」

所有人都錯愕了，包含我在內。那震驚、那意外程度，完全不亞於當初晶星人現身的情形。

隨著沁芷柔拋出言語炸彈，偌大的餐廳內瞬間變得鴉雀無聲，四周靜到可怕，那是由氣憤、不解、嫉妒、驚訝、失望，眾多負面情緒所混合的……可怕沉默。

沉默越久，也就代表眾人正在共同醞釀的喧譁態勢，爆發出來時越是驚人。

「這戒指……就是我跟柳天雲的定情信物。」沁芷柔向眾人晃了晃左手，「一人一個，象徵堅定的愛情。」

她再次扔下言語炸彈後，終於閉口不言，緘默下來。

但她的這兩句話，已經引爆了全場學生的情緒！

……群情沸騰！

「不可能！」

「絕對不可能！那男的有什麼好！」許多人崩潰倒地，捶胸哭喊。

「宰了他，將他大卸八塊，用拳頭、用刀、用棍子……讓他知道沁芷柔女神不是區區人類可以褻瀆的！」比較激進的恐怖分子，開始做出死亡宣告。

「沁芷柔……大人？」親衛隊們也愣住了。

而離沁芷柔本人極近的我，能察覺到她每一下急促的呼吸，與那捏得死緊的粉拳。

她本人顯然正在承受極大的憤怒……與屈辱。

錦囊裡到底寫了什麼？幻櫻，妳到底動了什麼手腳！

我有些茫然地注視四周，數百對如尖刀般的目光齊戳在我的身上，身為一個慣性孤獨者，我從來沒有吸引這麼多目光過。何況每一道目光都如此強烈、滿含負面波動，好似恨不得以視線消滅我。

就像長期穿梭於地底的土撥鼠被強行拉離了土壤，暴露在天敵的目光下，這是我不擅長面對的領域。

我其實有些害怕，害怕眼前的陌生。

但就像繃緊到極限的橡皮筋會斷掉那樣，我的理智線，也往往會隨著到達臨界點的壓力值，一起炸裂。

不！

我柳天雲……不會敗在這裡！

被逼到了極處，我忍不住又笑了。很好，既然早就打算瘋狂一回……那就瘋狂到底！

「哈哈哈哈哈哈哈哈哈哈……」我以手掩面，仰天大笑，將張狂的笑聲遠遠傳了出去，許多人被我笑得一臉莫名，反對我的聲浪隱隱有增強之勢。

要無中生有寫出一部好的輕小說，本來就需要豐富的想像力與強大的說故事能力。要把天馬行空的幻想，寫得讓人心悅誠服，是一項相當艱鉅的工程。

厲害的輕小說家，必定十分會幻想，同時具備將不可思議的世界觀、角色、設定，自圓其說的本領。

也就是說，論自圓其說的能力，在場眾人，沒有一個人及得上我！

「啊哈哈哈哈哈哈……」在笑聲上拔到最高點後，我笑聲頓止，並對四面八方、餐廳裡的所有人，投以挑釁的眼神。

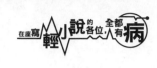

無聲的交流過後，我沉聲大吼！

「你們……難道還不懂嗎！」我氣貫丹田，將心中的鬱悶化為吼聲，一口氣宣洩而出，「這是兩情相悅！」

「沁芷柔是我的女朋友，所以……她會保護我。

「不止如此，我病了她會難過，我倒下她會哭泣，也就是說，你們傷我，就等於傷害了沁芷柔。你們剛剛談論的傻瓜行為、粗魯舉動，最後換來的報酬，只會是沁芷柔的眼淚。

「我說得這麼清楚，你們究竟聽懂了沒有！」

被逼到絕境後，我急中生智，扯出了這麼一番話來。

許多人身軀一震，臉上露出的表情，除了無法置信，還傳達著「這傢伙究竟能有多無恥」這樣的訊息。

是的，今天的我……恥力無極限。

我本來就是獨行俠，獨行俠早已一無所有，只求自保。若是能夠活命，我根本不在乎摸不著、看不見、賣不了半毛錢的臉面。

如此而已……如此而已！

四周的怒罵聲，逐漸轉為嗡嗡耳語。

沒錯，顯然我先前（自認）慷慨激昂的一番話，已經說動了這些人。

為了增加氣勢，我早在大笑時以手按臉，現在手掌仍蓋在臉上。我從指縫中打量眾人，打算觀察這些人會有什麼反應。

以我柳天雲的優秀計謀，兼之爆炸性發言，肯定能完美解決一切。

如何？讓我聽聽……你們的感想！

我拉長了耳朵，將精力集中在聽覺上——

「……那就暗殺。」

「對，修飾成意外。」

「我曾自修化學，成果相當不錯，不如由我來調配毒藥。」

「國家每年的失蹤人口，其實為數不少，我看不缺這一個。」

……暗殺你妹！開什麼玩笑！

我正要再次大笑化解危機，卻感到手臂一緊。沁芷柔黑著臉，用力抓住我的手臂，沿著我之前「摩西分海」開出的道路，拖著我往前飛奔。

如果是我一個人單獨逃跑，肯定會被憤怒的群眾給攔下……然而，此刻是沁芷柔帶著我跑，她是眾人心目中的女神、大人、公主，當然沒有人敢阻止。

外表看不出來，沁芷柔竟能跑得如此之快。以十一秒鐘能跑完百米的速度，強行拉著我跑。在跑步時，她豐滿的胸前不住上下晃動，她以另一隻手臂壓在胸前，稍減波濤洶湧帶來的搖動。

在喘息、心跳加速的奔跑中，我聽見大隊人馬的尾隨叫喊聲。幸好餐廳外地形複雜，有教學大樓，有假山、竹林，我們沿著牆壁拐了幾個彎，躲進了假山山腹中挖空的部分，聽著遠處追兵的叫喊聲漸漸模糊，顯然其他人都追錯了方向。

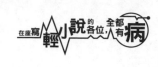

這時沁芷柔終於放開了我，她柔嫩的掌心觸感，彷彿還殘留在我的手臂上。

「我從來沒有看過如此卑鄙的人。」她背對著我，面朝假山外面，淡淡開口。

「？」我一愣。

「竟然用私下偷拍的裸照，來威脅我發布虛假的情侶關係，柳天雲……我看錯你了。」

「妳在說什麼鬼？」我皺眉。

沁芷柔依舊沒有回頭，只以背影傳達濃烈的恨意。這時，她一揮手，將三個東西砸在我的胸膛上。

是那三個錦囊妙計。

我手忙腳亂地接住錦囊，抱持著強烈的懷疑，照著順序打開觀看。

錦囊一：「我手上有妳的裸照。不要聲張，這是真的。」

錦囊二：「妳右胸側乳部位有一顆細小的黑痣，這是我擁有照片、看遍妳全身的證明。」

錦囊三：「立刻當眾宣布我們成為男女朋友關係，不然我就公布妳的裸照。」

……簡直是十足的惡人聲明啊！

難怪沁芷柔會這麼生氣，看來右胸旁真的有黑痣。幻櫻，真有妳的，妳應該出一本書，叫做《如何三句話激怒別人》，肯定會大大暢銷。

幻櫻總是喜歡騙人，手上到底有沒有裸照也很難說，說不定她只是在女子更衣室看見沁芷柔換衣服，偶然看見了那顆黑痣。

「……」我轉念一想，心頭忽然一陣緊縮。

——不對！

錦囊是我交給沁芷柔的——也就是說，沁芷柔認為這些內容是我寫的，我才是那個偷拍她裸照的惡徒！

由於我柳天雲根本不可能做出「在女子更衣室觀察裸體」這種行為，所以在沁芷柔心中想來，我偷拍照片的假設，完全可以成立。

像沁芷柔這種明顯有精神潔癖的人，被一個不認識的男人看遍全身，還拍了照片，不難想像她為什麼會氣成這樣。

幸好……這裡只有我跟沁芷柔兩人。剛剛餐廳裡那麼多追兵，都追不上我們兩人，幻櫻肯定也跟不上，這就代表著……我現在是安全的。

就像玩遊戲進入了安全區那樣，野外的幻櫻惡龍不管怎麼猙獰可怖、等級再高，也無法傷我一根寒毛。

所以說……幻櫻，很可惜。

我只要在這裡跟沁芷柔坦白一切，說明妳的奸計，藉此拉攏沁芷柔……以她的人脈，不只能保護我，運氣好還能說服她加入陣營，以大魔王對陣大魔王，一口氣扳回一城。

這場勝利……來得如此突然，而老天終究是下起了及時雨，拯救我這個心靈乾旱的獨行俠。

想到這裡，我忍不住笑了，笑得露出牙齒，嘴角勾起只屬於勝利者的弧度。

幻櫻，這一次是我贏了！

我正要對沁芷柔解釋真相，一直背對著我的她，忽然開口說話。

「柳天雲，你等一下。」她淡淡道：「千萬別走開，站在這裡等三分鐘，我馬上回來。」

我不解她的用意，愕然點了點頭。

罷了，反正遲早要解釋，已經被誤會了這麼久，不差這區區的三分鐘。

在我的注視中，沁芷柔步出了假山，踏到校園主道上，沿著被太陽晒得發燙的石格地板前行。

石格地板邊緣處有一排高大的校樹，下方生長著極為茂密的樹叢，沁芷柔移動到位於枝葉陰影裡的樹叢後方，身軀隱沒不見，接著該處傳來了窸窸窣窣的聲響。

「……？」人的目光無法穿透樹叢，我只好聽音猜測……那聲音，聽起來很微妙，讓我不得不在意。

「妳在幹什麼？」好奇心發作，我不禁往樹叢靠近。

沁芷柔並沒回話。窸窸窣窣的聲音更響了。

換作平常的我，根本猜不出那是什麼聲音。然而，我剛剛才在心裡轉過沁芷柔更衣時被偷拍照片的推測，很快就聯想到了……那是衣服與身體摩擦時的聲音。

沁芷柔似乎正在樹叢後換衣服。

……妳忽然間哪來的衣服換啊，難道妳肚子上偷偷貼著百寶袋嗎？

再說，沁芷柔幹麼要換衣服？就算剛剛跑步流了一點汗，也沒有嚴重到需要更衣的地步吧！

彷彿以行動回答我心中的提問，終於，沁芷柔自圍籬後方緩緩走出，與我一起藏到了假山山腹的掩蔽下。

「……」看見她的瞬間，我陷入發呆狀態。

一名嬌小秀麗的少女蓮步微移，她淡金色的長髮披散到肩下十公分處，身著的淡紅色和服隨著步伐在風中飄動，衣袖輕舞。

和服上繡著碎花圖案，綁得恰到好處的腰帶，將纖細的腰部曲線襯托而出……接著若是視線下移，可以看見和服的下襬既短且分岔開來，露出少女嬌嫩的大腿，

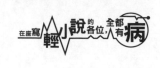

美好的腿部曲線亦展露無遺，這情景足以讓所有男人看得眼睛發直。

但是，最具有致命誘惑力的，卻是少女飽滿圓潤的豐胸，深深的乳溝自衣襟交叉處露出，白晃晃的引人注目。少女身軀嬌小，像洋娃娃似的，和服前襟卻被撐得極高，讓人有衣服快要漲裂的錯覺感。

和服少女朝我嫣然一笑，笑得又嬌又媚、又甜又膩，我心中猛然一跳，感到靈魂幾乎要被那笑容給擄走，視線完全無法自她身上抽離。

「你在看哪裡呢？別亂看。」她雙手交疊，輕輕護住胸口，柔聲道：「壞蛋。」

她明明以「壞蛋」這兩字罵我，我卻沒有半點被羞辱的感覺，靈魂深處甚至產生嗡鳴，似乎內心深處也希望她多罵幾聲。

那嬌俏可愛的臉孔，確實是沁芷柔。

但她給人的氣質卻變了——變得又嬌又媚，就像相同的身體裡換了一個靈魂！

同時，彷彿十分在意我無禮的目光般，沁芷柔避開我的視線，白嫩的臉蛋羞紅。

「……」我閉目。

在徹底變成沁芷柔的戀愛俘虜之前，我以獨行俠的強大毅力閉上了眼睛，接著默念了十次「惡靈退散」。

是的，惡靈退散。

俗話說，反常必為妖。原本任性到像天之驕女的沁芷柔，現在忽然變得楚楚可憐，背後一定有其原因。

「那個……那個……人家有一件事想要拜託你。」沁芷柔忽然提出了請求。

她將雙手合十，擺在豐滿的胸前，擺出懇求的標準姿勢。

「什麼事？」就在我話出口的瞬間，如同被電流貫穿身體般，我忽然理解了一切！

原來如此。

原來如此……

原來如此——彷彿有無數擬人化的腦細胞正在大量活躍，並沿著眼前的線索不斷開著腦中評議會，最後，一個颯爽推導真相，拍桌定案！

這推論之巧妙、可能性之高，就連我自己都忍不住要佩服自己！

其實很簡單——

沁芷柔認為裸照被我掌握↓她想求我不要散發裸照↓只好低姿態求我↓換上和服展開溫柔攻勢增加成功率↓與柳天雲和好。

想通了一切之後，我忍不住笑了，畢竟面對一個有求於己的美少女，就算是獨行俠如我，也無法擺出孤傲的嘴臉來回應。

我呵呵地傻笑，打算仔細傾聽……沁芷柔究竟要怎麼拜託我。

接著，雙手合十的沁芷柔，終於道出了醞釀已久的臺詞——

「人家想……拜託你去死。」

「……」我的笑容戛然而止，嘴巴依舊維持張開的狀態，臉部肌肉卻變得僵硬。

……什麼？她剛剛說了什麼？

然後，在我尚未回神的震驚中，沁芷柔也笑了。

「咯咯咯……」

「咯咯咯咯咯咯……」

她發出了詭異的笑聲。那笑聲，讓我的手臂一陣發癢，雞皮疙瘩不斷冒起。

原本在我眼中嬌俏可愛的和服美少女，身上彷彿開始散發出黑氣，以及幾乎能凍傷人的寒意。

……？怎麼回事？面對眼前的突發事件，我忍不住後退了一步。

沒想到這一退，就是步步退，不爭氣的雙腿帶著我退到了山腹邊緣，直到背脊碰到岩石。

「——快跑！」我的雙腿，乃至彷彿在尖叫戰慄的腦細胞，似乎都在向我這個主人傳達恐懼的念頭。

……冷靜。柳天雲，冷靜下來！我在心裡對自己大喝。

事出必有因，世上沒有天上掉餡餅這種怪事。只要運用你寫小說的經驗，對事情展開逆推理，就能擺脫眼前的困境，真相自然水落石出。

於是我開始分析眼前的金髮少女。

沁芷柔，目測G罩杯，身材前凸後翹，容貌清麗，追求者一人吐一口口水就能淹死我。

對外人展露出女王型的性格與作風，實際上是個設定系患者，對於輕小說中的情節十分嚮往，甚至不惜讓自身化為演員，演出夢想般的情節。

綜合以上，就等於是……

沁芷柔照著「他人所希望」的姿態，如眾星拱月般，在眾人面前扮演完美的夢中情人。

而早上我看到的沁芷柔，則是她「自身所希望」的自己，就算是曇花一現的美夢也好，只要能擔任過理想中的女主角，那就心滿意足。

想到這裡，我不禁倒抽一口涼氣，同時強烈的懊悔湧上心頭。

——太慢察覺了！

在全身細胞都在瘋狂尖叫的這一刻，我終於明白了一件事實。

眼前的金髮美少女乍看之下胸大無腦，實際卻是大智若愚，用膚淺的舉止來偽裝自己，甚至藏得比幻櫻還深！

他人所希望的完美女神、自身所希望的天然呆傲嬌——這兩種都是沁芷柔刻意扮演出來的性格，也就是說……我根本不知道「真正的沁芷柔」，到底是什麼樣子。

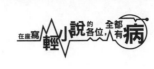

她到底有多少「自我設定」，還有多少種面貌，我也不得而知。

「咯咯咯咯咯……嘎哈哈哈哈哈！」沁芷柔在嬌笑聲中，緩步往前逼近。這是兩人躲入假山後，我第一次與她正面對視。

她是真的在笑，跟我那種虛張聲勢的笑容不同，她打從心底感到愉悅。

「有趣，有趣極了。」沁芷柔雙眼笑成兩輪彎月：「柳天雲，在被我帶著跑的那一瞬間，你就已經輸了。」

「因為……人家很強。」

和服下襬飄起。沁芷柔線條美好的右腿，如鞭子般甩向放在突出山壁上的裝飾用盆栽，頓時枝葉紛飛，塑膠製的盆栽竟然被她的鞭腿直接踢碎，而她的腿上依舊潔白無瑕，連半點擦傷都沒有。

我皺眉。簡直比電影特效還誇張，如果剛剛那一腳是踢在我身上，大概肋骨會斷掉幾根。

沁芷柔笑容滿面，一邊扳著指節，發出「喀喀喀」的聲響，一步一頓，緩緩朝我接近，「我小時候跌下山谷，碰見專門教授『水雲流』古武術的絕世高人，並成為她的弟子。而我……沁芷柔，就是『水雲流』古武術，最後一代傳人。」

水雲流？從來沒聽過。

聽見陌生的辭彙，我皺眉思考，過了一下才豁然開朗。

……原來如此。反正又是什麼奇怪的腦補設定吧，就跟之前跌倒時扮演的吐司少女一樣。

不過她肯定是練過某種武術的，剛剛她拉著我跑出人群時的速度快得誇張，握力更是堪稱恐怖。

然而，就算理解了真相，我心中的恐懼也只有越來越盛。

沁芷柔認為我是個偷拍裸照的淫賊，而且對發現她是「設定系少女」的我……十分仇視。

我原本能學幻櫻，仰仗「洩漏照片」這種前提，在解開誤會前，讓沁芷柔不敢派敢死隊來襲擊我，因為我很有可能在死前散布照片給刺客，照片從此廣為流傳。

不過——這是建立在沁芷柔是個弱女子的前提上。

沒了這個大前提，沁芷柔將我帶到了偏僻處，而她本人又藏有足以殺人滅口的超高武力值，在這裡解決我……誰也不會懷疑外表嬌弱的她是真正的凶手。

「人家……就給你個特別優待。」沁芷柔嘻嘻一笑，將和服前襟拉得更開，露出令人目眩神迷的雪白乳溝。

「乳殺。」沁芷柔雙手由下而上，一托軟綿綿的胸部，「用胸部悶死你好了，讓你做個風流鬼。

「還是說……你比較喜歡支離破碎的玩法？」

在自認已經勝券在握的這時，沁芷柔扮演的「水雲流末代弟子」終於暴露出真正的本性，忘情地自語著打算如何處理掉我，興奮到雙眼發亮。

如果說早上咬吐司的女孩是天然呆傲嬌，那……在新設定下的和服少女，完完全全是個抖S病嬌。

「可以打個商量嗎？」我苦著臉，問道：「換個設定，讓早上那個傲嬌吐司妹子登場，妳看如何？」

「聽不懂你在說什麼。」沁芷柔搖了搖頭。似乎不同角色共通情報，是不被沁芷柔允許的，所以水雲流少女假裝聽不懂我的話。

看著轉換成病嬌角色的金髮美少女，我忽然想起了幻櫻，明明處在緊張狀態中，強烈的惋惜還是湧上心頭。

……為什麼C高中的美少女全都有病，而且病得不輕。

和服少女滿臉帶笑，緩緩朝我逼近。

隨著她的接近，我心中的逃跑念頭迅速升起。

……如果她繼續保持「水雲流病嬌少女」的設定，我真的會被殺死。一腳就能踢破盆栽的強者，我根本無法抵抗。

不能死。

不能死不能死不能死不能死不能死不能死不能死！

我柳天雲……還是個處男，還沒交過女朋友，還沒打倒可惡的詐欺師幻櫻，絕不能死在這裡！

見證對方武力的強大後，頓時被複雜難言的駭異情緒給包覆，在表情洩漏自己的真實心意之前，我必須爭取時間，並想辦法……做出反擊！

彷彿面臨火場時爆發的怪力，又像是狗急跳牆，我腦袋飛速思考，危機潛力倏地被盡數壓榨而出，最後……終於在眾多思緒死胡同的轉角處，我柳天雲……尋到了一個絕妙的主意。

沒錯，用這一招……肯定可以脫離險境！

「沁芷柔，妳聽好了。」

這一刻，我竭盡所能發揮輕小說家的想像力，將自己與在崑崙山上修道、仙風道骨的仙人重合，漸漸的，我恍若能夠看見自己站在山上的最高峰，腳下雲霧盤繞，達到「萬物繁枯皆不介於懷」之境。

於是我冷靜了下來。

沁芷柔大概也察覺到我的異樣，稍稍謹慎了起來，眉頭一挑。

「在C高中，老夫沒有半個朋友。」我淡淡說道：「但……那並不代表老夫失去了想梗的能力。」

「……老夫？」沁芷柔瞇眼，對我的自我代稱好像有意見。

太過入戲了，糟糕。

「咳咳，身為一個對於寫小說非常拿手的男人，我其實非常有梗。」我改變稱呼，轉開話題，「不如說，我就是因為有梗……所以寫小說才會這麼厲害。」

「那又如何？」她問。

「所以……妳不應該殺我。」我非常認真地分析，「就算不看在輕小說家的面子上，妳也不能動手殺我！因為如果我死了，世人就再也看不到我那神妙莫測的好梗，那是輕小說界的損失……乃至全人類的損失！」

我接連不斷的話語，讓沁芷柔一呆，明顯有了些微動搖。

……沒錯。沒錯！

河了貂（註3），就是要這種效果！

沁芷柔成為「設定系少女」，扮演其他角色，就是因為想要把輕小說寫得更好！現在我把自己對於輕小說界的重要性大大吹捧提升，她如果想要繼續取得進步，當然就會開始猶疑！這想法如同美國當年想搭乘飛機的第一批人，不會莫名去招惹萊特兄弟一樣！

註3　為日本漫畫《王者天下》的女主角之一，為人聰明伶俐、智計百出，現擔任主角李信的軍師。

「那柳天雲，你要怎麼證明自己說的話？證明……你能非常有梗，有梗到認為本小姐會手下留情。」沁芷柔一語直擊竅要。

我雙手抱胸，哼哼唧唧一笑，「好吧，我就講一個有梗的笑話給妳聽——

「八是跑得最慢的數字。」

「哈？」沁芷柔一臉不解，發出了困惑的聲音。

「八是最慢的數字，妳知道為什麼嗎？」我朝她搖晃右手食指，道：「因為數字裡最大的就是九，九為極，而八最接近九，但又不是九，所以是『不極』。『不極』跟『不急』同音，不急的數字當然跑得最慢，所以八是最慢的數字。」

「呵、呵呵、呵呵呵……」如我所料，沁芷柔果然笑了。

「哈哈哈哈哈哈……」觀眾既然如此捧場，我當然也不能失禮，於是雙手扠腰，仰天大笑。

——！在兩人的笑聲中，腿影一閃，沁芷柔纖細的小腿已擦過我的耳邊，強烈的勁風颳得臉頰生疼。

「梗在哪？」沁芷柔維持一隻腳高高抬起的側踢姿勢，寒聲道：「笑點呢？我說那個笑點呢！未放入笑點的笑話，沒有存在的必要。」

剛剛那一腳雖然沒有踢中我，但她接續的話語，卻等同於將崑崙山上的仙人一腳踹下。

我心中構想出來的仙人，發出被風聲模糊的吶喊，身軀迅速下落，掉進了萬丈深淵中——

我一愣之後，驚愕迅速湧上全身。

不可能！我打從心底感到震驚。

絕對不可能！

這……我柳天雲引以為傲的壓箱寶笑話，加上「虛張聲勢大笑」兩招齊上……竟然毫無效果！

沁芷柔原本舉在我肩膀上的小腿，這時轉勢下壓，我的雙腿竟然撐不住那股力道，開始劇烈顫抖。

「跪下。」沁芷柔露出詭笑，柔聲道：「給我向『梗』這個字道歉……然後舔我的鞋子，或許本小姐會考慮原諒你。」

她雖然如此說，但表情不含一絲誠意，滿是想盡情戲耍獵物的惡趣味。

從沁芷柔的態度看來，再不另想計策，轉眼我就會玩完。

還有辦法嗎？還有辦法……逃出生天嗎？

由於沁芷柔高抬左腿，和服下襬已經滑到大腿根部，春光乍現。藍色條紋的。

不過顏色不是重點……重點是，這樣的話就只剩下一條路可走——更換沁芷柔的設定！

只要她願意更換設定，把「水雲流病嬌少女」換掉，例如換成天然呆吐司少女，那我就能保有希望！

我承認，水雲流少女武力值很強。但就像拿取任務道具，解除遊戲裡魔王的劇情無敵那樣，世上沒有無懈可擊的人。只要是人，就有弱點；只要針對弱點……那就能打倒！

然而……真的有辦法嗎？

有辦法解除她的無敵、轉換她「水雲流少女」的狀態嗎？

沁芷柔是換了和服後，才化身為水雲流少女，脫掉她的和服會不會有用？我腦海裡閃過強行扒掉她和服的念頭，卻也馬上抑止了這危險的想法。

看來著裝可能是「化身其他設定」的一部分過程，但我完全打不過她，伸手去扒衣服只會讓她動怒，一腳把我踹成豬頭。

我依舊在拚命想著對策。

但……很可惜，幸運女神不會永遠站在我這邊。

沁芷柔顯然不打算給我拖延時間的機會，她收回懸在半空中的腿，前跨一步，雙手從我腋下繞過、穿到我後腦處，以雙手手掌同時下壓，將我的臉面強行壓低……**壓到了她深不見底的乳溝裡**。

以這個角度探望，我發現她沒有穿胸罩，沁芷柔似乎遵守著和服某種特殊的穿

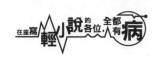

衣規矩，於是堅挺圓潤的雙峰，有一大半毫無遮掩地呈現在我的面前。

以連續技般的動作，沁芷柔用看似懷抱的扣姿，將我上半身的行動能力徹底地箝制住。

隨著她雙手用力將我的頭顱壓下，我的臉孔被壓進了沁芷柔豐滿的酥胸裡，飽滿而溫軟的雙球，隨著壓力富有彈性地改變形狀，肉感遮蓋了鼻孔，使我完全無法呼吸——

「死前的慘叫什麼的，太難聽了，就這樣用胸部悶死你吧。能死在本小姐的懷抱裡，你也該知足了，柳天雲。」

十秒鐘過去。

二十秒鐘過去。

緊張的脈搏加速了氧氣的消耗，我很快就感到頭部發熱漲紅，喘不過氣來。

……真的會死。

我的眼前，閃過了許多事物，有家人、有師長；有快樂的回憶，有痛苦的經歷，最後停格在當年與晨曦進行比賽的畫面。

逐漸模糊的意識裡，剩下一個念頭——

我……還沒找到晨曦……**我不能死在這裡！**

近乎本能地，為求活命，我張嘴一咬，沁芷柔發出一聲驚叫，急速往後跳躍。

她和服開口露出的白嫩胸肉，留下了一排淡淡的齒痕。沁芷柔低頭撫著齒印，滿臉通紅，又怒又羞。

……我並沒有咬得很用力，那齒痕很快就會消退。

但她的怒意……只會如怒潮拍岸般，累積蓄勢，更加洶湧！

見狀，我馬上明白眼下的情況。接下來，她必定會用盡全力，動手剷除我這個咬了她一口的害蟲，而且是碎屍萬段。

「……」我一抹嘴角，牙齒上彷彿還能感覺到一絲彈性。

接著，如迴光返照般，在多次臨近死境的這一刻，我終於想到了……堪稱孤注一擲的逃生之計。

原來如此。

沁芷柔是設定系少女，這點是確定的事。

就像幽靈系要用聖光系技能對付，既然沁芷柔是設定系少女，那我就必須以設定……破除她的設定！

不是之前那種無聊的崑崙山仙人幻想，而是以她自身的設定化為武器，一擊刺穿她層層建立的內心防禦！

「沁芷柔。」我連忙調勻呼吸，裝出淡然的樣子。

她的美目仍帶怒火。

「教妳水雲流武術的高人，可是留著滿臉蓬鬆鬍子、雙眼精光四射？」我淡淡道。

沁芷柔一愣，似乎在猶豫要不要回話，過了一下，她才道：「呃……呃……不是！他沒留鬍子、雙眼無神。」

在極端的憤怒之下，沁芷柔表情依舊產生變化，並做出回答，我心中忍不住湧出狂喜。

奏效了！

沒錯，歸根究柢，她的「設定」是依據輕小說的寫法，從而衍生的東西。因為我問出了關鍵句子，觸動她的背景，只要沁芷柔還身為「水雲流少女」，就不能不回話。與不講道理的三次元不同，輕小說裡不存在毫無意義的設定，一個大設定的誕生，必定隨之衍生出無數小設定來。

也就是說……「水雲流少女」這個設定的誕生，必須有其餘設定做為搭配，例如她之前提到的……墜下山谷時遇到的高人！

沁芷柔比誰都堅持於設定，剛剛她之所以急忙否認我的問話，大概就是害怕我順著她的設定，找到她的破綻。

也就是說，有機可乘！

「啊——」我用力發出了近乎痛苦的乾號，用力揉了揉眼睛，假裝拭淚，「山谷下的高人，那是我爸！原來我二十年前失蹤的爸爸，就是跌下了山谷，還變得那麼悽慘！」

沁芷柔原本撫著胸口的齒印呆呆聽著，接著臉色一變，像是忽然明白了什麼。

她肯定是猛然醒悟過來：我如果把高人設定成父親，那我就變成了恩人之子……也就是說，她身為設定系少女，就不能恩將仇報對我動手！

這一招……如何？我斜眼看向沁芷柔。

沁芷柔臉色青白，想了一下，高聲喝道：「對了，我記得高人對我說過，就是他的兒子把他推下山谷，導致他一生受困！」

什麼見鬼的「高人說過」！妳到底想把這個故事設定成什麼模樣！

這次輪到我臉色一變，因為沁芷柔又有了動手的理由——劍除恩人的逆子。

我急速思考，趕在沁芷柔利用這理由動手前，裝出憤怒的樣子道：「沒錯，那是我弟弟！我早就發過誓，總有一天要替父親報仇雪恨！」

我知道沁芷柔在胡說八道，沁芷柔也明白我在隨口亂扯，但鬼話連篇的雙方，卻陷入了「不得不胡說八道、不得不鬼扯」的窘迫情形。

沁芷柔想痛宰我、我想從沁芷柔手下逃掉，雙方都在「設定系少女」的限制下，爭奪成為設定上占據優勢的那一方！

如果沁芷柔爭贏了，她就能名正言順地斬殺我；反過來說……我勝了，或許就能逃掉！所以我必須辯論功力全開，取得言語上風！

雙方的爭執仍在繼續。

「……」沁芷柔眉頭一皺，接著冷冷道：「你自稱是高人之子，但我聽說高人只有一個兒子。」

「不，有兩個。」我堅持。

「只有一個。」沁芷柔反駁。

「兩個！」

「一個！」

沁芷柔冷冷一笑，「竟然敢冒充高人的兒子，今天我就……」

我還沒聽完她的話，就知道情況不妙，眼前的少女未免太不講理，只有她說出的設定優先算數，不容別人有置喙的餘地。

眼看她慢慢走近我，似乎又想動手，情急之下，我連忙搖了搖手，示意她等一下。

看來只好使出「那一招」了──

「沒錯，高人只有一個兒子。」我咳嗽了一聲，道：「其實我是他的女兒。」

沁芷柔注視著我，朝我上看看、下看看、左看看、右看看，然後嘴角不斷抽搐，顏面有些失去控制。

「你到底哪裡像女兒！」她抓住我的肩膀用力搖晃，朝我怒叱：「瘋狂瞎扯，你敢不敢再誇張一點！」

沁芷柔怒火上湧，朝我胸前一抓，「你的胸呢！沒有人家的二十分之一，這麼平，好意思說是女的！」

「是妳太大了，不是我太平。」我淡然，「再說貧乳錯了嗎？要知道，貧乳可是珍貴資源。」我繼續道：「如果不信的話，妳可以驗下面。」

沁芷柔一聽，用力朝地面跺腳，雙頰氣呼呼地鼓起，俏臉染上緋紅。

她明知道我是男的，所以不可能伸手去摸我的下面……但如果不驗的話，我的謊言就正式成立，「恩人之女」的身分會讓她無法下手。

……沁芷柔陷入了難以抉擇的局面。

什麼都要遵照設定的設定系少女，同樣只會敗在設定之下。高傲的沁芷柔，唯一無法否認的就是自己立下的規則——因為一旦否認，就等於否認了自己。

所以……是妳輸了！沁芷柔！

沁芷柔露出掙扎的表情，臉上紅得像是要滴出血來。她緊咬下脣，黛眉互相聚攏，表情不停變幻，最後轉為……不顧一切的毅然。

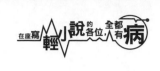

「本小姐豁出去了！」沁芷柔惡狠狠地道：「給我脫掉褲子！檢查就檢查！」

「什麼？」我裝作不懂，同時流下冷汗。

原來，我低估了沁芷柔的獲勝決心。我原本以為祭出這招已經必勝，沒想到沁芷柔不顧一切打算檢驗，我頓時從得意洋洋的雲端高處，一口氣摔到了十八層地獄裡，摔得不可謂不重，胃裡還傳來一陣噁心的緊縮感。

她對於自己的設定，有著強烈的控制慾望，那是近乎於「不成功、便成仁」的求勝精神。

我太天真了。

「快脫！」沁芷柔加緊逼迫。

……這褲子，不能脫。

一脫之下，她含羞帶怒出手，我必死無疑。

但騎虎難下，在這種情況下，為了證明自己「高人女兒」的身分，我又怎麼能不脫！

我的神經繃緊，彷彿就要斷裂。四周氛圍凝重，如同液化凝固。

不，我絕不能……敗在這裡！

我柳天雲，絕不會輸給區區設定系少女！

「哈哈哈哈哈……哈哈哈哈哈哈哈哈……」被逼到極限後，我按著臉仰天大笑。這個壞習慣總是沒辦法改掉。

沁芷柔沒有出腿中斷我的笑聲，只是冷眼以對，慢慢撫平自己和服上的皺褶，等著我笑完。

很顯然，她眼中的我，已經是一個死人。很少會有人介意讓快死的人交代遺言。

「……早上。」我緩緩道。

「？」沁芷柔並不回話。

「早上……我撞到了一個美少女，答應如果再次會面，要跟她共進午餐。」我把語調放緩，繼續說了下去，「那是故事的開端。

「然而……現在，我將迎來自身的終結，並帶著故事本身一起陪葬。」

沁芷柔先是不解，接著像是明白了什麼，慢慢睜大了雙眼。

「早上那個少女，是一個天真爛漫、很好的女孩子。她總是露出溫柔的笑，思想都擺在臉上……會為剛碰見的人受傷而哭泣，為陌生人的喜悅而開心。

「我喜歡她。

「只是現在，我走到了人生的末端，卻無法再親口對她說出這句話了。這句告白，會隨著我的逝去，歸於塵土，不復存在。如果是她的話，知道我陷入這樣的困境，肯定會悲傷、會哭泣，最後在蒲公英花開的日子，站在如殘雪般的花海裡……緬懷我的身影。

「緣起緣滅，一個故事的終結，同樣會帶來另一個故事的開始。而悲傷的開始，註定前途黯然……註定帶來連光陰之河也無法沖刷的寂寞。」我吐出了經典場景會有的臺詞，將話說完後，靜靜觀察著沁芷柔的反應。

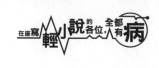

我明白，沁芷柔很聰明。她絕不像表面上那樣看起來胸大無腦，能完美扮演多種角色的設定系少女，揣測能力當然遠在一般人之上。

所以……沁芷柔肯定懂我的意思。

早上咬著吐司的天然呆少女，現在想要殺我的水雲流少女，兩者共享的連接點……就是都曾與柳天雲進行接觸。

沁芷柔不會違背自己的設定，設定是絕對的，是設定系少女至高無上的信條。

而……天然呆少女身上，有著一個遠超水雲流少女的設定，又或者說「攻略進度」！

第一次，我面對沁芷柔不再後退，而是反過來往她逼近。

我的腳步沉穩，在假山裡激起響亮的回聲。

我走到沁芷柔面前，朝著和服少女展露紳士的微笑，並彎下了腰，朝她伸出了右手——

「真是充滿意外與幸福的會面。

「莽撞而充滿朝氣的少女啊，請按照承諾，當我們再次相遇時，與我共進午餐。」

……我的臉孔朝下，盯著沁芷柔纖細的小腿，雪白玉足在微微發顫。

與此同時，記憶傾斜翻出，如電影倒帶般，早上的情景再次重現眼前——

我望著坐在地上、充滿期盼的沁芷柔。

「……真是充滿意外與幸福的會面，下次再見面，請與我共進午餐。」我以呆板的語調，照著三流遊戲劇本，拋出直球。

「咦？」沁芷柔竟然又驚又喜。「我想想……沒錯沒錯，就是這個樣子的。好，下次我們一起吃飯。」

——出來吧，天然呆少女。只要輪到妳出現，就是我的勝利。

如果繼續讓水雲流病嬌少女攻擊我，那就是摧毀了我未來的可能性，也摧毀了……天然呆少女那條線的故事發展。

也就是說，設定互相衝突。天然呆少女為了守護浪漫情懷，會奮不顧身地保護我，阻止水雲流少女殺我。

沁芷柔一個角色想殺我，另一個角色想救我，這是細小到幾乎無法察覺的矛盾之處。

然而……只要利用上了，哪怕細小、哪怕微不可見——星星之火也能燎原，直到燃起漫天神火，一發不可收拾。

出來吧。出來吧！天然呆少女。

妳……無法不出來。

就算藏得再深，妳依舊是沁芷柔的一部分。遵循角色必須讓劇情推進的輕小說定理，不管是拒絕還是欣然同意——按照設定，妳勢必要出來回應我的話語。

不然，沁芷柔就是否定了另外一個角色；不然，妳就是承認角色不再完美，背叛了身為設定系少女的自己。

心高氣傲的沁芷柔，絕不會允許這種事發生。

所以，是我贏了。

第五話　這樣算是魯蛇嗎

漫長到像一個世紀那麼長的午休時間終於結束，在炎熱的豔陽中，下午的課程開始了。

《論字數對輕小說的影響》、《開頭前一千字務必高潮》，國文課的內容也搖身一變，純粹以強化輕小說實力為目的。

課程的轉變，似乎已在眾人的意料之中，如早課時提出種種質疑的人漸漸少了。

其實，《論字數對輕小說的影響》、《開頭前一千字務必高潮》這些課程，對我來說都是已經懂的東西，無法給我帶來任何幫助或影響。

時間流逝至今，對我個人影響最大的，還是我失去了當獨行俠的資格。

……沒有一個獨行俠，走在路上會受到這麼多關注。

「看，那就是柳天雲，傳說中……沁芷柔的男朋友。」

「聽說後來他們兩人回到餐廳，甜甜蜜蜜地共用午餐，沁芷柔還餵他吃飯，偏偏那小子還擺出一副苦瓜臉，真想宰了他。」

「真的假的？沁芷柔怎麼會挑他當男朋友？我比他帥多了。」

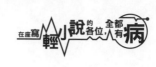

「聽說他弄到了一批迷藥，人一服下就會昏迷不醒，於是他……」

這麼快就有傳聞了。

在我與滿含憤怒的沁芷柔（換回校服的天然呆少女模式）用完午餐後，各式傳聞越來越不堪，下午第一堂國文課結束之後，就已經出現五十多種我如何威脅強逼沁芷柔的故事版本。

標準的以訛傳訛，再怎麼普通的少年，在不斷渲染下，也會成為三頭六臂的猙獰怪物。當然每個故事裡，沁芷柔都是以弱女子的形象出現，而我通常是擔任無恥下流的壞蛋角色，無惡不作的程度，連我自己本人聽了都差點憤慨到想自殺。

不過，雖然被晶星人強行軟禁，校園的制度依舊在運作，為了怕濺血事件引起連鎖效應，師長們很快便做出對策，在下午第二堂課上，就強力宣導禁止對我本人採取任何動作，只是有多少實際上的效果，那就不得而知了。

而沁芷柔本人在事後的每一次下課時間，都會出現在二年C班教室門口，對我提出兩人單獨相處的邀約。

「柳天雲，我們去頂樓。」

「柳天雲，我們去空教室。」

「柳天雲，我們去廁所。」

或許她想捏造另一個設定來殺我，例如專門暗殺學生的女特務之類，我可不能上當。

我，搖頭拒絕——當眾拒絕的後果，引起了軒然大波。眾人都認為我這小子受女神垂青，還敢這麼不識相，卻沒人想到我只是拒絕了死神的招手。

下午四堂國文課很快過去，終於來到了放學時間。

放學鈴聲一響，還沒等老師出聲，幾乎所有人都在第一時間跳了起來，並往教室外衝去。

……今天是禮拜五。

如之前所宣布，每個禮拜五放學後，都會公布當週的輕小說排行榜，排行榜前二十名學生，將會受到菁英式的培育，以應付一年後的比賽。

想當然，就算進入了前二十名，下週寫得不好還是會被擠下，但如果從開始就贏在起跑點，那一直保持領先，也不是不可能的事。

文人相輕，自古而然。當獲得勝利的機會就擺在面前，人人都會伸手去抓取，尤其在嘔心瀝血寫出一篇小說時，更是如此，在還沒有看到別人的作品前，幾乎每個人都認為自己是最強的。

更甚者，如果是文筆相近的高手相爭，那決出勝負的就是小說的意境……然而，每個人對事物的理解都有自己的一套方法，要分辨意境高低，比單純賞析難上十倍。

但……我很強。

之前我就已經設想過，現階段，我不認為C高中有誰擁有跟我一較高下的實力。榜首，又或者說排行榜冠軍，必定是我。

所以我無視其他人緊張期待的群體效應，不慌不忙地站起身，先整理了一下制服，再往一樓中庭的公布欄緩步走去。

在其他學生的注意力被公布欄吸引走的現在，我終於能恢復過去瀟灑的獨行俠作風。

以散步般的悠閒步伐，幾分鐘後，我終於走到了一樓中庭……的遠處。

無數人頭攢動，一千多人爭著看小小的排行榜，自然把中庭擠得水洩不通，姍姍來遲的我根本靠不過去，只能站在遠處張望。

這種混亂也有好處，沒有人會注意到我是那個鼎鼎大名的「欺騙女神的該死淫賊」。

我奮力往前擠，只打算看上一眼，確認自己心中的猜測。

「第一名。我柳天雲……肯定是第一名。」

不是狂妄，而是誠實地面對心裡的想法，對自己的實力有充分的自信。

適當的謙虛是美德，而過度的謙虛就成了虛偽。獨行俠不喜與人相處，跟虛偽這兩字當然也扯不上邊。

磕磕碰碰地排開人群，十分鐘後，我終於擠到了最前方。人群擠壓，如海水般不斷地產生波動，我想早點擺脫這種困境，於是匆匆往排行榜上一瞧……

本週最佳輕小說排行榜：

第一名，風鈴——綜合分數892分，輕小說題目：《三人行必有妹蘿》

第二名，沁芷柔——綜合分數867分，輕小說題目：《地底宴會與妹妹精靈》

第三名，柳天雲——綜合分數830分，輕小說題目：《如果是哥哥的話可以唷》

第四名……

第五名……

我沒能細看下去。

其餘的文字，與四周鼎沸的人聲，一起自意識中變得模糊、遠去。

「……第三名嗎？沒想到你一副傻瓜樣，竟然能取得這種成績。」帶著傲氣的聲音從我背後傳來。

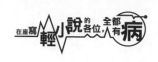

我回頭一望，發現沁芷柔在親衛隊的拱護下，排開人群走到了前方。

她看了我一下，視線轉而逗留在排行榜上自己的名字。

看到我灰敗的臉孔，像是能激起她逗人的慾望，她綻開勝利者的笑容，甚至露出一顆尖尖的虎牙。

她似乎發現了我在注視她的虎牙，臉上一紅，像貓一樣，以手背擦了擦臉頰，藉此掩飾。

「嘛，像你這種外行人，能進前三名，算是運氣不錯。」

外行人？運氣？

被這樣的形容詞加身，我感到茫然……與痛徹心扉的陌生感。

我……柳天雲，竟然被稱作「外行人」？

「不過以後真正寫起長篇小說，就沒有捷徑可走，你大概很快就會被刷出二十名外吧。

「我在網路上可是人氣小說家，連載的每篇都是大人氣作品唷。而且幾年以來，日日更新，從未斷過。同時呢……我每天都親身而為，去模擬筆下角色的臺詞，你能居於我之下拿到第三名，應該感到自豪。」

沁芷柔露出充滿朝氣的笑容，以理所當然的語氣說著，彷彿事情本就該如此發展。我……柳天雲，註定敗於她的手中。

勝者的餘裕沒有持續太久，沁芷柔在親衛隊包圍之下，大批人馬滾滾而走。留下了我。

也留下了揮之不去的惆悵。

網路上的大人氣小說家……嗎？

我柳天雲，過去一直引以為豪的練習量，在沁芷柔看來，或許只是可笑的空談。輸就是輸，贏就是贏，沒有任何辯駁的餘地。

我總認為自己比別人都還要勤奮，就算天資無法勝過別人，靠著努力堆砌而起的硬實力，也足以將我推上王位。

不過我忽略了一件事——強中更有強中手，一山還有一山高。

國中三年級封筆到現在，經過了空白的兩年，別人會學習、會頓悟、會成長……而我卻只是原地踏步，緊抱著曾經的榮耀，以過去的眼光來看待世界，並自鳴得意。

下場就是被狠狠打臉，親身體驗痛楚，換取理解現實的契機。

……我的實力，已經不足以應付現在的環境了。

我連在C高中內都無法稱雄，更別提一年後成為C高中的代表，去迎戰其餘五所學校的高手。

或許幻櫻很快就會發現，我柳天雲無法幫助她取得晶星人的願望，我根本不是那塊料，最後失望離開。

我本來恨不得幻櫻消失在我面前，刻意裝瘋賣傻讓幻櫻覺得我是個呆瓜，甚至願意當眾出糗……但唯有寫作一道，我不允許任何人以任何方式去踐踏，輕視我付出過的努力。

我……不想輸。其他方面都可以輸，然而如果連寫作都輸，我就什麼也不剩了。

可是，還是輸了。

如果……我沒有兩年空窗。

如果……我沒有停止寫作。

是不是，現在高掛榜首的人就會是我，而不是別人？

我自己也明白「如果……如何如何」，從來都只存在於事後的懊悔中，那是敗者尋找寬慰理由時的標準臺詞，但就是忍不住會去想。

晨曦呢？晨曦也在這所高中，她會怎麼想？

腦海閃過「晨曦」兩字的瞬間，我霍地回過神來，往排行榜第三名後繼續看了下去。

既然晨曦是學生，那她應該也參加了比賽！

……五名……十名……十五名。

遍尋不著晨曦兩字。也對，那是外號，除了風鈴之外，排行榜上刊登的都是學生本名。

風鈴在這種紛亂的環境中，光靠人氣光環就擁有自立為王的特權，以外號刊登什麼的，不過是小事一樁。

最後我在第十九名的位置，找到了「幻櫻」兩字。

……她為什麼也能用外號刊登？還明目張膽地掛上了幻櫻兩字。

幻櫻兩字已經近乎「奇蹟」的代名詞，平常冒名頂替幻櫻進行詐騙的人多得是，自稱本人通常只會被吐槽。就像超級有名的大明星忽然走到你面前，你會懷疑是不是本尊一樣的道理，隨隨便便就亮出招牌，反而會被當作無聊的玩笑。

「為什麼我得跟妳聯手，關於寫作方面，妳很厲害嗎？」我反問。

「當、當然很厲害！」或許是受到質疑的憤怒，銀髮少女回話時有些侷促，俏臉如蘋果般紅潤。

在頂樓商討時的回憶，浮上心頭。

先不論幻櫻怎麼瞞天過海掛上外號，她之前自稱寫作厲害，卻也只拿到十九名。或許天才詐欺師，也不是我想像中的樣樣精通。

我呆望著排行榜，時間在不知不覺中流逝，人群逐漸變得稀少。很快的，對排行榜失去興趣的眾人紛紛離開，原先如菜市場般擁擠的一樓中庭，變得冷冷清清。

天色漸漸暗了，夕陽橘紅色的餘暉，將我的影子拖曳出長長的斜影。

天邊的晚霞薄而寬長，遠遠延伸出去，一直連綿至遠處層層高山的頂端。暮色看起來比平常還要灰暗，軟弱無力地試圖掙扎，但最後還是憂鬱的消失無蹤，再也瞧不見天際有一絲光芒。

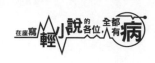

我站著發愣，忽然醒覺：或許暮色與往常無異，憂鬱的不是這個世界，而是透過雙眼、去看這個世界的我。

我變了，卻妄下評斷，決定這個世界的模樣。

——**就像我評斷自己是C高中最強一樣**。

我緊握雙拳，閉起雙目，指甲掐得掌心生疼。

在這時，左側迴廊傳來沙沙聲響，聽起來像是衣服下襬與地面摩擦的聲音。

我轉頭看去，遠方二十公尺，樓梯轉角處，一個全身罩在黑袍中的嬌小身影，正在緩步往這裡靠近。

幻櫻。

只有她會做出這種狂熱宗教分子的打扮。

我之前雖然對幻櫻的能耐有些敬畏，也怕被揍，卻都不是真正意義上的畏懼。

但此刻我看見幻櫻，恐懼卻如附骨之蛆般沾黏上身，甩不去，拍不下，避不了。

——幻櫻相信我的能耐，所以找上我，我也在她面前自信滿滿。

而我卻是第三名。在這種到處充滿寫作新手的時期……只能拿下第三名。

我害怕見到幻櫻的反應。

害怕……她說上一句：「弟子一號，你也不過如此。」

「唔、唔……」看到幻櫻接近，我退後了一步，又是一步。接著，我轉身就跑。

我記起了她的毒舌。

在這種情況下，如果被幻櫻毫不留情地攻擊傷口，我的心靈恐怕會無法承受，直接崩潰粉碎。

我急速奔跑，腳步聲在空曠的走廊上激起響亮的回音。

噠噠噠噠噠。

而遠比我腳步聲還要輕快、迅捷一倍的步伐聲，如影隨形地在追在我的背後。

噠噠噠噠噠噠——

我扭過頭，看見幻櫻將雙手背到身後，以忍者般的跑步姿勢急奔前行，速度快到誇張，不斷縮短與我之間的距離。黑袍隨著她奔跑時帶起的勁風，飄揚而起。

我甚至能聽到面具墜飾互相碰撞的響聲。

「妳為什麼追來！」我嚇得大叫。

「因為你逃跑了。」幻櫻的聲音飄來，每字念出時都離我越來越近。

「我逃跑，妳可以不追！」

「看見獵物逃跑，沒有不追的理由。」

「原來我是獵物嗎！」

「嗯，還是跛腳的那種。」

……話裡藏話，幻櫻一貫的風格。

她藉著跛腳獵物，比喻我跑得很慢——事實上也是這樣沒錯，她的短程衝刺速度遠超過我。

風聲響動。

我才剛跑出走廊範圍，在一陣響亮的風聲中，幻櫻如大鳥般凌空撲起，躍到了我的背上，雙手雙腳一纏，將我狠狠壓倒在地。

「認命吧，弟子一號。不管以前還是現在，你都贏不過我的。」

我沒能仔細傾聽幻櫻說的話。剛剛被她強行撲倒，迎來一記顏面朝下的重摔，讓我眼前發黑了幾秒，對方的話語過耳不入。

我趴在地上，一時無法爬起身，這時幻櫻用力將我翻了過來，讓我正面朝上，活像一隻四腳朝天的烏龜。

她順勢跪下，將雙膝壓在我的肚子上，以全身重量訴諸對我的不滿，並以小小的手掌，用力按住我的手腕，把我的雙手定在冰涼的地板上。

幻櫻原本全身都藏在黑袍的籠罩下，此刻由下而上……藉著仰躺的姿勢，我終於看清了她的臉孔。

她的表情很認真，不帶一絲嘲笑意味。

——與我想像中「哈？真沒用的弟子一號」、「被扔進糞坑長蛆吧你」的嘲弄完全不同，幻櫻以前所未有的嚴肅表情，正眼注視著我。

被幻櫻的天藍色雙眸給盯住，感覺如同被X光掃描過那樣，無所遁形，就好像連靈魂深處裡的每一絲恐慌，都被看得清清楚楚。

「……為什麼逃跑？」幻櫻維持著壓制我的姿勢問。

「我……」我剛說出了一個字，就感到如鯁在喉，後面的話難以接續。

「我問你為什麼逃跑！」超乎我意料的，幻櫻以近乎吶喊的聲量，有些失態、激動地對我質問。

她的眼角隱約泛著一絲淚光。

「……」我一愣。

這不像她，不像……傳聞中叱吒風雲的天才詐欺師，幻櫻。

除了揍人發洩怒氣以外，在談話時，幻櫻從未真正失去過冷靜。

面對態度丕變的銀髮少女，我愣愣地望著她，陷入沉默。

幻櫻也沉默片刻，短而急促地呼吸了幾口，才再度開口：「又逃了。你這個逃跑慣犯。」

「……慣犯？我在妳面前，應該是第一次逃跑。」

「不，柳天雲，你已經逃了兩年。」幻櫻的語氣帶著責備。

我又是一愣，隨即明白她的意思。

表面上我逃避的是幻櫻這個人，實質上，害怕的卻是「寫作不如人」這件事。

我其實早已隱約猜到，或許現在的我，已經跟不上時代，只是我一直不願意承認。當大家都在進步的時候，你一旦停滯不前，跟退步完全是等義詞。

從還是孩童開始，九年苦練、三千萬字……我害怕這些都變成了可笑的空談，所以逃避現實，封閉自己的心房，沉溺在過去的回憶中。

我……柳天雲是最強的。

無人可敵，無人可擋。

只要我出手，除非有晨曦出面競爭，不然第一名旁邊就會寫上我的名字。

可笑。

——實在太可笑了。

我躺在地上，望著走廊外昏暗的天色，忍不住一直笑、一直笑。

笑自己的天真，笑自己的無知。

笑到，眼淚都流了出來。

「……」看見我的眼淚，跪坐在我身上的幻櫻，將上半身直起，臉孔轉開，「很難看啊，弟子一號。」

「……放棄我吧。」我依然躺在地上，不打算起身。

「什麼？」幻櫻皺眉。

「妳找沁芷柔……或是風鈴當搭檔吧，她們比我更強。」我的笑聲慢慢止歇，「我沒有妳想像中那麼厲害，一個過氣的寫手，沒有被天才詐欺師重看的價值。」

「……」幻櫻頓了一頓，問：「晨曦呢，你不想找到她了嗎？」

「是。」我輕輕點頭，「現在的我，沒有去見她的資格。」

「……所以說，你不想見她？」幻櫻面色微變，語氣一轉，淡淡問道。

「是。」我話剛出口，就感到不妙。

……因為幻櫻將手臂拉到了身後。

「狂嘯猛擊！」

「嗚噗！」又是新招式。

我的肚子重重吃了一拳，由於背脊緊貼地面，身體裡的空氣也被一口氣擠出。

「別開玩笑了，你是我的奴……徒弟！」幻櫻騎在我身上，拉著我的領口，用力朝我喊道：「我說往東，你不能去西；我說東西南北都不准去，你也得乖乖聽話！「所以說，沒經過我的允許，你不能擅自放棄！」

「……」

幻櫻做出了強勢宣言。對我而言，那強勢帶有熟悉感，甚至是些許親切。

……這才是我認識的幻櫻。自以為是、不聽人說話，擅自決定一切，一言不合就出手揍人。

趴在別人身上，像是普通人一樣激動地失去控制、高聲吶喊什麼的，完全不適合她。

我微微一笑，任由難堪的沉默再次闖入我們之間。

過了良久，幻櫻還是沒有說話，只是緊盯著我，似乎在等我的回應。

我想了想，道：「就算東西南北都不能去、我不能飛上天的情況下，妳也選我當搭檔？」

「……心胸真狹窄吶，弟子一號，一句玩笑居然記恨到現在。」幻櫻下巴一揚，鄙視地望著我，「你的愚昧人家早已瞭解，所以能勉強容忍。」

「就算……我只是第三名？」

「……你的問題真多。這跟你飛不起來相較之下，只是小事。」

「就算……我是一個逃了兩年的膽小鬼？」

「哼，逃了又怎麼樣，我也逃過啊。」

幻櫻自承在面對難題時也逃過，這倒是出乎我的意料之外，我還以為她是無所不能的。

我露出無法回答的苦笑，將幻櫻推開，慢慢爬起身來。

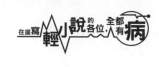

幻櫻也跟著站起。

隨著兩人站起身，我的視線高度驟然拔升，很快就高過了幻櫻頭頂。

幻櫻哼了一聲，伸出手，輕輕一按我的頭頂，「太高了，不許高過我。」

……我稍稍屈膝，與幻櫻視線齊平。

「沒想到除了詐欺師，妳還有心靈導師的技能啊。」我搖了搖頭，「但……沒用的。晨曦看到這樣的我，會失望的，她需要的是坐在王者之位上的柳天雲，而不是喪家之犬般的柳天雲。」

幻櫻聞言，輕輕一笑，道：「子非魚，安知魚之樂？」

我一愣。

這是出自莊子與惠子爭辯的典故——幻櫻此刻引用這句話，便是在質問我：你不是晨曦，怎麼知道晨曦需要、想要什麼？

幻櫻的言辭鋒銳，刺得我一時啞口無言。

「……別自作多情了，弟子一號。你現在是我的弟子，還以為自己說了算數？竟敢想放棄就放棄，任性妄為！給我搞清楚狀況，身為我的弟子，你必須為我而戰……為我而寫！」

為妳而戰……為妳而寫？

我本來想否認幻櫻這句話，卻看見幻櫻雙臂交叉，打出了一個大大的X。

「別說了。」幻櫻斷然道：「除非你不再是我的弟子，不然……你就必須聽我的。」

「怎麼樣才能『不再是妳的弟子』？」我問。

「挑戰我。」

「……什麼？」

「騙倒我，讓我心服口服。」

「……然後呢？」

「然後你的夢就該醒了。」

「我只有在夢裡能贏妳嗎！」這傢伙到底有多小瞧別人。

「不，如果你成長到足以讓我喊出『正面上我啊（註4）』的程度，大概就可以脫離弟子身分了。」

……這臺詞，妳該不會能用十元硬幣彈出超電磁砲吧。

面對幻櫻的蠻不講理，我又想笑了。

「哈哈哈哈……哈哈哈哈哈哈……」這次我笑得特別長久，特別……狂妄！

註4　出自《某科學的超電磁炮》動畫第十二話，日文原台詞為「真っ直ぐ私に向かって來なさい（正面和我較量啊）」，卻被蓄意翻成「正面上我啊」，以製造槽點。

在幻櫻忍不住出拳揍人之前，我將做為開場白的笑聲停下，然後以手按住臉孔，從指縫露出自認如雷似電的眼神，同時偷偷以手背擦去臉上的淚痕，強裝出昔日的風采。

接著，一字一頓，傲然開口——

「是妳輸了，幻櫻。」

「……？」幻櫻一愣，露出「這傢伙有病嗎」的表情。

「妳……直到現在還不懂嗎！」我以鼻孔用力噴氣。

「懂你有病？」

我不理她，自顧自說道：「其實我是裝的，我一點也不難過，我柳天雲……怎麼可能為了區區小事灰心喪志！但我為了贏過妳，騙倒妳，裝得似模似樣，裝得……失魂落魄！

「妳果然上當了，幻櫻！」

就像幻櫻腰際掛著的面具墜飾，每個面具都不同面貌。

人也有許多面貌，善意的面貌、惡意的面貌、哭泣的面貌、笑開的面貌。人懂事後，往往第一件學會的事就是察言觀色，並懂得藏起真正的自己。

實際上，我真的很難過，兼之痛苦。

之前我利用獨行俠的專屬技能，將真正的自己沉潛下來，用笑容去藏起眼淚。

但面對幻櫻的時候，不知為何，我無法坦承自己的想法，不願被她窺見我的軟弱——或許是因為她曾短暫流露出真摯的感情。我變了，變得不想被她覺得……我柳天雲不過如此。

……就像我不想被晨曦小看一樣，我也開始不想被幻櫻輕視。

所以即使是用拙劣的謊言去包裝真實，哪怕只有百分之一的機率可以騙過幻櫻，使她認為我之前的哭泣、倒地都只是偽裝，那我就願意去賭。

去賭……那縹緲而微小的機率，換取一線曙光。

所以，我以平常的「虛張聲勢大笑」做為開端，用加倍用力的語調，對幻櫻做出了欺騙。

「……」慢慢的，幻櫻的嘴角勾起微不可見的弧度。

像是理解了什麼，她越笑越是曖昧。

「嘻嘻。」幻櫻維持古怪的笑容，兩手一攤，「看到你那充滿決心的臉孔，就連我……也不忍心去戳破你呢。」

「……什麼『戳破』。」我很在意這短短兩字。

「沒什麼。」

「……說清楚。」看到她的態度，我更加介意。

「嗯——說清楚？」幻櫻拖長了尾音，壞心眼地用言語擠兌我：「好，那你想知道什麼？」

「……」我無法回話，一問就著了痕跡，反而欲蓋彌彰。

「男人吶，真是死要面子的生物呢。」她見我不答話，又是嘻嘻而笑，自行做出了總結。

這時幻櫻姿態颯爽地一個旋身，黑色斗篷一甩，製造出「劈啪」的響亮破空聲。然後她跨出小小的腳步，同時回過頭來，以傾斜的臉孔角度，開口對我說話。

「走了，弟子一號。」

「……去哪？」

「天色晚了，先去吃飯。」

我聽了一摸肚子，確實也餓扁了。

幻櫻全身再次被黑袍蓋住，她漫步前行。

片刻後，黑袍底下傳出了幻櫻冷靜的話聲——

「接著，我們準備以挑戰者的身分，重新衝擊王座！」

第六話　中二病也想當老師

看不透。
猜不了。
幻櫻的行事作風讓人完全無法揣測，彷彿翩翩於重重迷霧中，只在乎獨屬於她的自由。
初始乍看之下，少女喜怒形於色，你自認為看透幻櫻了，她卻馬上給你一記當頭棒喝，讓你明白自己的天真。
當你嘗盡苦頭，認為少女所做的一切都是以整人為出發點，將「幻櫻」兩字視為謊言的代名詞時，她偏偏又真情流露，使你不知所措。
比狐狸還要狡猾，比變色龍還會擬態。
「……妳到底在想什麼，真正目的又是什麼，幻櫻。」
我柳天雲是獨行俠，不需要他人幫助，自立自強，一向自認比普通人厲害一些，但碰到幻櫻，卻處處束手縛腳。
就連超級現充、大魔王等級的沁芷柔我都有一拚之力；碰見幻櫻，我卻總是輸得一場糊塗，慘到旁人不忍直視。

為了避免心理再次被擊倒，當晚吃完晚飯後，我緩緩收整心情，再次重回完美獨行俠的狀態，藏起多餘的情感，冷靜面對一切。

用完餐後，學生們魚貫走出餐廳，準備前往浴室盥洗。

就在這時，校內各處廣播一同響起，放送新消息——

「校內廣播、校內廣播，請輕小說排行榜上前二十名的同學，前往教學大樓二樓學務處集合。校內廣播……」廣播不斷重播著一樣的臺詞。

我與幻櫻對看一眼，看見她點了點頭，於是我們站起身來，開始往學務處移動。

餐廳往教學大樓的途中，有一段路程必須經過竹林，而竹林裡的大理石踏板由於需要翻修，前一陣子被全部拔起，沒想到汰舊後還來不及換新，晶星人就把C高中送到了孤島上。

在餐廳用餐的期間，曾下過一陣小雨，此時天色已然全黑，我跟幻櫻持著學校發的手電筒做為照明，小心翼翼地踩著泥濘的地面，在黑暗的竹林中，聽著沙沙的竹葉聲，緩步往前行進。

師徒倆一路無話。途中幻櫻發出「嘿」的一聲，輕巧跳過一個水窪，意外地也有可愛的一面。

走了約五分鐘後，教學大樓出現在眼前。隔了老遠，也能看見燈火通明的亮光。

到了目的地，我們推門而入。學務處是把兩間空教室打通改建而成，非常寬敞，現在卻被人群塞得十分擁擠，我跟幻櫻花了一點功夫才找到地方站立。

大概是不想引起別人注意，幻櫻默默縮到了角落，維持低調風格。

C高中的師長們此刻齊聚一堂，而除了我跟幻櫻之外的十八名排行榜高手也已經到了。沁芷柔看到我進來，狠狠瞪了我一眼。

學務處裡面原有的桌椅全被推移到角落放置，清出了中央空曠的場地。

室內隱隱分成兩團人馬，師長們站在教室左半邊，而學生們聚在右半邊。

讓人覺得奇怪的是，師長們整齊地站成了三排，而人群最前方放著一張椅子，一位年輕貌美的女老師坐在其上，交叉的雙腿長長伸出，套著黑色絲襪的雙足，輕巧地擱在「人椅」上。

是的，人椅。

一位戴著眼鏡、平常教授英文的男老師正如動物般雙手雙足趴在地上，將背部拱起，以身體充當對方擱腳的工具。

……我雙目一凝，非同尋常的畫面，讓我的警覺性迅速提高。

我記得她是上禮拜剛到任的實習老師，在升旗集合時曾經自我介紹過，只是我已經忘了她的名字。

女老師身著白色襯衫，肩膀上披黑色薄外套，下身穿窄裙，一雙修長的美腿上套著黑色網狀絲襪。此刻她脫掉了鞋子，套著絲襪的纖足格外引人注目。

她蓄著一頭光滑的黑色長髮，瀏海修成了娃娃頭，白裡透紅的臉孔光滑無瑕，標準的古典美人類型。她看起來最多二十歲上下，左眸為黑，右眸為紅，竟然是異色瞳。

她一紅一黑的雙眼微露冷意——在注視著剛走進學務處的我時，那份冷意更加強烈，讓我有種受到壓迫的錯覺產生，完全不像為人師表會露出的眼神。

更令人在意的是，連校長、學務主任等階層較高的人都只能站在她身後，目光注視地下，一臉恭敬，就像隨侍在側的僕人似的。

「茶。」女老師閉起黑色的左眸，單睜紅色右眸，冷冷道。

她話剛說完，學務主任忙不迭地倒了杯水，畢恭畢敬遞送上去。

女老師將杯中之水一飲而盡，然後將杯子隨手往後一扔，「接好。」

就像接高飛球的捕手一樣，體型有些肥胖的校長跳了起來，狼狽地將杯子攔截下來。

學生們見到這一幕，面面相覷，眼中浮現大大的問號。受眼前情狀所震懾，包括學院女王般的沁芷柔在內，竟然沒有人敢開口說話。

女老師看到學生們的反應，淡定地點了點頭。

「吾……世俗之名為桓紫音，真實身分為闇・維希爾特・玫瑰一族的吸血鬼皇女。小鬼們，謹記吾的世俗名字。」黑髮女老師目光冰冷，「能歸於吾的麾下，汝等想必喜悅，吾……准許汝等喜極而泣。」

她說話時很認真，並沒有帶著玩笑特有的口吻。眾人一聽之下愣住。

「小鬼們，莫害怕、莫慌張……以吾影為名……宣示你們的忠誠吧！」

這名叫做桓紫音的老師，讓我忍不住聯想到傳說中的……中二病。

我看了沁芷柔一眼，想瞧瞧她對這件事的看法如何，而她一臉震驚，像是無法相信世上會有這種人存在。

……喂，妳也好不到哪去吧。

不過沁芷柔身為「設定系少女」，起因是喜愛輕小說，為了寫得更好、追求進步，才親身扮演筆下的角色，化身各種不同性格的少女。可以說……沁芷柔近乎演員，喜歡演自己寫出的戲；一旦下了戲，回到日常，也就是普通少女而已。

而眼前自稱「吸血鬼皇女」的黑長直桓紫音，從她那篤定不移的表情看來，完完全全就是把自己幻想成吸血鬼，徹底活在自己的幻想中。

桓紫音冷然道：「吾從小到大一路跳級，十八歲自P大國文系畢業，花了兩年又取得碩士學位。碩士畢業後，吾寫了一本輕小說投稿，立刻獲得華文小說大賞出道，是目前國內出版社裡……最受矚目的明日之星。

「如果不是缺乏穩定的薪資花用，吾才不會來當老師。不過人類社會的規矩也真是奇怪，C高中是吾待過的第七所學校，之前的學校總是不肯讓吾通過實習考核，成為正式老師。」

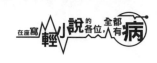

……當然。我雖然不懂實習老師的審核嚴不嚴格，不過沒有一所學校會讓中二病患者成為正式老師的。

桓紫音像是陷入了被各學校趕來趕去的痛苦回憶中，眉頭稍稍蹙起。緊接著，她像是想通了什麼，用拳頭一敲另外一手的手掌。

「……吾明白了！」

我微微一驚，沒想到她竟然明白了嗎？看來這中二病還有得救。

桓紫音繼續說了下去：「汝等人類……是識破了吾的吸血鬼身分吧？」她不屑地嗤了一聲，「用此等鬼蜮伎倆來對付吾，人類也真是可笑。」

請容我收回前言，妳比沁芷柔還沒救。

「嘛，先不說這個，總之吾是C高中裡寫作最厲害的人，經吾教導的學生，一年後能以最大勝算去迎戰其餘高中……輸了比賽就會死，可以說所有人的性命都掌握在吾手中。

「汝等來說說，這所學校是不是吾說了算？」她續道：「其餘老師們也都同意將學校交給吾來掌管、領導，歸於闇・維希爾特・玫瑰一族的福音下。」

不會吧？其餘老師們都同意這中二病當領袖？她的輕小說實力……真的有這麼強？

在性命遭受晶星人威脅的前提下，我猜……唯有確定能藉此保證性命安全，才會讓所有老師都願意忍受中二病的騷擾。

就這點來推測，或許她寫作的實力真的很強……但也只是或許。

「那個誰，別用懷疑的表情視姦吾。」桓紫音淡淡道：「教室角落那個男的，不對、再過去……就是你！」

她伸出右手小指，指向我，一臉寒意，「吾只原諒你一次，區區人類，也敢褻瀆闇．維希爾特．玫瑰一族的皇女！」

我默默不語。

「吾天生有感應別人實力的才能，如果說吾寫小說的功力是十……小鬼們，汝等之中最厲害的，大概只有三。」

桓紫音目光一轉，右眼紅瞳鮮豔得如同要燃燒起來，掃視眾學生一輪。

「實力一。」她指向前排一個瘦弱的男學生。

「零點七。」又指向另一個綁著馬尾的女學生。

她一個一個隨手點評過去，在目光掃過沁芷柔身上時逗留了一下，想了想，才指著她道：「……三。」

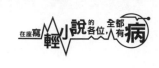

桓紫音點評迅速，在我身上也停了一下，接著道：「零點一。」

零點一？眾人的目光往我瞧來，那些目光包含「還好我不是最爛的」的慶幸之意，這是目前為止最低的數字。

即使身為我行我素的獨行俠，面對那些目光，也讓我感到一陣臉上發熱。

……不準，絕對不準！

我柳天雲怎麼可能被評為零點一，這分明是剛剛「視姦」行為的報復，而且我根本沒有那意思！

最後她看向待在角落、披著黑袍的幻櫻，視線足足停了五秒之久，沉默半晌，竟然不做出評價。

「輕小說排行榜前三名出列。」她緊接著命令道。

沁芷柔跟我猶豫了一下，還是站了出去，兩人並排站立在桓紫音身前。

但剩下站出去的那人，竟然是之前被評為實力零點七的馬尾女學生。

桓紫音先聲奪人的造勢太過強烈，自進入學務處以來，注意力一直被她所吸引，這時我才忽然驚覺，沒看見風鈴在人群裡頭。

「……抱歉，風鈴大人有事不能前來。」馬尾女孩歉然道：「風鈴大人囑咐我當代表，再回去轉告她發生了什麼事。」

由於並排而立，距離很近，我聽見沁芷柔發出「呿，裝模作樣」的低語，似乎相當不滿風鈴的排場。

正當大家都以為桓紫音會針對風鈴動怒時，她似乎也聽見了沁芷柔的低語，將臉孔轉向她。

「……汝！」桓紫音望著沁芷柔，忽然道：「後退一點，汝身上的贅肉太多，如萬惡的太陽般，讓吾感到渾身不舒服。」

「贅、贅肉？」沁芷柔一呆，唔了一聲，捏捏小蠻腰，又捏捏纖細的手臂，似乎在想哪裡有贅肉了。

桓紫音面色陰沉，摸了摸自己平坦的胸。我順著她的目光看去，看見沁芷柔豐滿的胸部，被剪裁合身的白色制服高高襯出，隨著她捏來捏去的小動作輕微晃動。

「……」注視著那晃動，桓紫音額際青筋也跟著跳動。

真是個怪人，我在心裡給出評價。

接著桓紫音的目光轉向我，「零點一，汝也是替人來跑腿的吧？吾想想……第三名是叫柳天雲？區區卑微人類，竟然敢不回應召喚。」她碎碎念道：「真是一群不聽管教的小鬼，前三名竟然就有兩個沒來。」

被她以「零點一」稱呼，我感到些許不悅與大量的羞恥感。她的目測實力竟然把我評得這麼弱，還以為我是代班的跑腿小弟。

所以我決定以實際行動改正她的謬思——

「我，就是柳天雲本人！」我一甩想像中的袖子，充滿尊高風範，鄭重地道。

桓紫音一愣，仔細看了看我……最後，一直如冰山美人般的她，嘴角浮現一絲罕見的笑意。

「切勿胡言，零點一的實力怎麼可能當上第三名？」桓紫音向我揮了揮手，對我的「笑話」以動作加以捧場。

「呵呵呵……」我陪著她乾笑，心裡想著：這可不是笑話。

桓紫音的笑意只持續了幾秒，停下，然後偏過頭去，視線斜斜看向我。

「……柳天雲人究竟在哪？校園級女王叫不動也就算了，一個名不見經傳的小人物也耍大牌？立刻叫柳天雲給吾滾過來。」

「他……已經來了！」我拉長首字，以充滿力道的說話方式，試著引起對方重視。

「？」桓紫音左右張望。

我以右手食指指向自己。

「……零點一，同樣的玩笑，說一次是有梗，兩次就是無聊。」桓紫音一整襯衫衣領，態度不滿。

雖然我非常無辜，並不是在造梗，但我並不認同她這句話——如果以廚師來比喻，能把一種食材變出一百種花樣的大廚，明顯就比單純會做一百道菜的對手要來得厲害許多。

以有限製造無限，在層次上就遙遙領先別人；所以能把同一個梗講出無數變化的人，才是當之無愧的大師。

腹誹歸腹誹，我表面上還是擠出一笑，將場面應付過去。

沁芷柔在我們之間看來看去，眼睛狡猾地半瞇，「嗯哼」了一聲，竟然在掩嘴竊笑，也不打算開口幫我解圍。

但沁芷柔的笑容顯然是引火燒身，讓桓紫音再次注意到她，並產生聯想。

「乳牛……呃，沁芷柔。」桓紫音彷彿一個不小心洩漏了真實想法，趕緊掩飾過去，問道：「消息傳遍整個校園了，吾聽說汝跟柳天雲是情侶，那汝現在通知他過來吧。雖然往外通聯似乎被晶星人給限制住，但如果撥給校內的人，手機還是能使用的。」

沁芷柔臉色一黑，彷彿老師的話讓她承受了奇恥大辱。

趁著兩人站在一起的機會，沁芷柔手肘往旁一撞，不偏不倚地撞在我的側腹上。她的動作又快又輕，恐怕只有吃痛的我能夠發覺。

……別拿我出氣啊。

「罷了，先不提這個……吾有要事宣布。」

桓紫音雙掌一拍，很快就有人往後跑去，從學務處前方的桌椅堆裡抬出了一部外觀奇特的機器。

機器有一般小型電視大小，方形螢幕鑲在正中間，頂端有三排圓圓的插孔，此刻已經連結了許多條線，接到一個看似頭盔的藍色頭罩上，頭罩右側還有個小小按鈕。

「崇拜吾吧！為了勝利，吾……將自行任命為輕小說菁英班的班導師！以後汝等……見到吾，必須喊吾玫瑰皇女。」

玫瑰皇女……？我看見許多人臉上變色，顯然這種近乎羞恥的稱呼，桓紫音敢聽，他們卻沒有這麼厚的臉皮去喊。

「在吾的日夜呼喚之下，晶星人終於到來，並留下了二十部輕小說虛擬實境機，供吾等使用！

「為了強化汝等的實力，吾決定先讓菁英班成員輪流體驗虛擬實境機，所以今晚特地把你們叫來……當然，如果日後想繼續使用虛擬實境機，就得加把勁，繼續維持前二十名的成績。」

事到臨頭，終於可以使用輕小說虛擬實境機了，但畢竟是要讓意識進入機器中，未知最令人恐懼，我反而起了些許疑慮。

……這東西安全嗎？

「對了，順帶一提，這東西的說明書上寫著，只有人類年齡低於十八歲的個體能夠使用。」桓紫音道：「為了讓汝等有競爭動力，之前向大家公布的『經過安全測試』是胡說的，這些機器還沒有人用過。」

「所以汝等……必須當第一批白老鼠。」

「嗯，吾看看……該讓誰先上呢？」

桓紫音左看右看，視線在沁芷柔身上停住。

「乳……沁芷柔，汝上來試試。」

「咦？」沁芷柔一呆，「我、我嗎？」

「是的。」桓紫音道：「虛擬實境機裡面，已經投下了二十部輕小說，也就是汝等菁英班二十人各自撰寫的輕小說。這些小說品質雖然差了點，不過當作練習將就一下……亦可。」

沁芷柔陷入遲疑，臉上微露懼色。

……跟武力無敵的「水雲流病嬌少女」比起來，她常駐的校園偶像模式顯然太過孱弱，就只是個嬌滴滴的普通美少女，也難怪她會害怕。

「上來測試。」桓紫音語氣冰冷，命令道。

我轉頭看了看沁芷柔的俏臉，心中忽然湧起一陣不忍。雖然見面以來，沁芷柔始終對我擺出十分高傲的態度，不過她對輕小說的熱情是貨真價實的，願意為了輕小說而放下校園偶像的顏面，扮演各式各樣奇怪的人物……或許就是因為這樣，她才能夠贏過現階段的我。

對於認真追求輕小說更高境界的她，我並不討厭，甚至可以說有些佩服。

正因為有佩服之處，我更無法眼睜睜看著沁芷柔露出不知所措的模樣。

「……」我深呼吸了一口氣，並下定決心——往前邁出一步，越過沁芷柔。

「測試虛擬實境機，只要身分是學生，不管誰先都可以吧。」我說道：「我來當第一個。」

「零點一，吾已經說了讓沁芷柔先，汝……憑什麼提出異議？」桓紫音擱在人倚上的雙腿交錯替換，黑紅雙瞳皆閃過一絲異色，「像汝這種跑腿小人物，只要吾想，汝就是下一個人椅。」話中威嚇意味濃厚。

憑什麼？聽到她的問話，我一愣。

她問得對，我柳天雲……憑什麼代替沁芷柔？我略微一望，發現沁芷柔正瞪著我，露出既倔強又不肯服輸的表情。

我又是一愣。剛剛仗著一股血氣站了出來，本來以為做了近乎英雄救美的帥氣舉動，但事實證明我缺乏深思熟慮。

沁芷柔心高氣傲，且身為校園偶像、網路上大人氣的輕小說家——大概在她看來，我的行為就是施捨……也等於同情！

然而，沁芷柔不需要我柳天雲的施捨與同情。就算需要，她也不會願意接受幫助。

心念百轉，我還未完全釐清沁芷柔的心思，桓紫音便以輕柔而危險的語調，再次道出同樣的問題：「汝……憑什麼提出異議？」

我能感受到學務處數十人都注視著我，等待我的回答。

「……」對於兩天前的我來說，這場面恐怕就是萬難逃脫的死局。

但受過幻櫻跟沁芷柔的折磨後，我已經變強了，不管是心靈的耐磨程度，還是肉體的抗擊程度，都大大成長。

因此，受到質問，我不慌不忙，將雙手負到身後，擺出高人風範。

哼。一個獨行俠，進化能力是最頂尖的；身為一個宇宙廢棄物，我也不在乎多餘的臉面。

……因此，這局面已經難不倒我！

「憑我是沁芷柔的男朋友。」我一本正經地道。

話聲剛落下十分之一秒，身後立刻響起沁芷柔激烈的話聲。

「才不是！像你這種……這種滿嘴胡言亂語、動不動發出有病大笑，甚至還咬……咬我的傢伙，本小姐絕對不承認你是男朋友！」

我微微一愣，一開始不懂沁芷柔為什麼會否認，細想才明白：之前她會配合我去餐廳吃飯，是因為進入了天然呆少女的設定，現在恢復平常的校園偶像模式，自然是果斷否認我們的關係。

……妳倒是看看情況啊。我以眼神向她傳達訊息。

……再亂說話就殺了你哦！沁芷柔以極度憤怒、不甘願的眼神回應。

喂喂，說好的劇情走向呢？這反應不對吧，照著市面上作品的劇情發展，美少女這時不是都應該要感激涕零、雙眼含淚地替我加油嗎？

這就好比我想救人——在懸崖上捉住了一個快要墜落的人的手，對方已經身懸半空，卻在我伸手救援時，用空著的手狠狠甩了我一巴掌。

毫無防備下吃到的巴掌，最是疼痛。

但還沒有痛到……讓我無法承受，崩潰倒地。

「原來如此，這就是所謂的傲嬌吧。」我露出理解的表情，點了點頭，替沁芷柔的愚行打圓場，「言行不一致，說不是就是是，真是充滿矛盾的性格。」

「……」沁芷柔氣得滿臉通紅。

她還未發洩自己的怒火，桓紫音就以不滿的語氣搶先發話：「汝等……竟然膽敢在偉大的闇．維希爾特．玫瑰一族的吸血鬼皇女面前做出調情的行為。」

原來這在妳眼中看來是調情嗎！給我睜大妳的雙眼！

桓紫音冷然道：「吾的人類偽年齡是二十一歲，實際已於黑暗中獨自過了數萬年。在吾看來，戀愛、情侶吵架什麼的，完全是人類的無聊把戲。

「呼嗯，總之吾……完全不會羨慕汝等、絕對不會羨慕汝等、就算被太陽晒到也不會羨慕汝等，很重要所以說三次！但汝等讓吾感到渾身不舒服，所以快給吾停下這種鬧劇。」

「不，桓紫音老師，我跟這傢伙一點關係也沒……」沁芷柔又羞又急。

「叫吾玫瑰皇女，乳牛。」桓紫音打斷了她。

這時桓紫音身後的校長清了清喉嚨，似乎欲言又止。桓紫音發現了他的情況，視線往後一遞，放到校長身上。

「呃……桓紫……玫瑰皇女。」校長生硬地說道：「或許讓男學生先嘗試的確比較好，這機器畢竟是晶星人的產物，究竟可不可靠，誰也不知道。」

「校長說得沒錯。」「我贊成。」「我也贊成。」

師長派的人馬紛紛出聲。

在大人們說完話後，除了幻櫻之外的學生，也開始為沁芷柔求情，勸阻聲颳起了小小的風浪。

面對他們的請求，桓紫音卻以手掩嘴，發出「呼呼呼……」的低吟。

「魯鈍、螻蟻般的人類啊！汝等在妄想改變玫瑰皇女的決定嗎？」桓紫音繃著一張臉，仍在努力維持自己吸血鬼的身分。

她扭過極為柔軟的腰肢，看了身後的眾師長一眼，又看了看學生們，接著發出冷笑，「汝等覺得這機器很危險？但現在情況若是不拚一把，就沒有活命機會！汝等可知道、可明白，自己有多弱小？

「吾為了當上正式老師，曾流連於各學校中，以吾跳級的學習經歷，自然都是尋找最好的學校任職。晶星人顯然將高中錄取難度也列入劫持考量，被綁走的A、B、C、D、E、Y六所高中裡，全是應考生不易錄取的學校。而這幾間學校吾全待過，雖然都是相當優秀的學校，不過C高中在六所學校裡，錄取難度排名倒數第二，只贏過Y高中。

「也就是說，有四所學校的人，全是比汝等這些熊孩子，更會考試、更懂得如何取得好成績的傢伙。」桓紫音說到這停了一下，欣賞周遭眾人的驚訝表情，「呼呼呼」了幾聲造勢，才繼續說下去。

「吾曾以赤紅之瞳偵測，A高中，不下於乳牛輕小說戰力的學生，至少有十五個。」

「等一下，乳牛是誰呀！」沁芷柔臉色微紅，護住胸口。

桓紫音不理她，「B高中至少有十個，D高中大概有七個，E高中可能有六個左右。」

我隨即恍然。眾學生、眾師長也對視一眼，似乎跟著明白了桓紫音話中的意思。

——別的學校強者如雲，在我們這裡排名第二的沁芷柔，拿到A高中去，說不定……連前十都進不了。

我們先決條件就已經輸給別的學校，如果不在這一年內付出比別的學校更多的努力，可以說是勝算渺茫。

所以——我們必須爭分奪秒去變強！不只要拉近差距，還要後來居上！

一個進入排行榜、臉上有些雀斑的男同學拍了拍胸口，似乎心有餘悸，接著他像是想安慰大家，道：「……幸好，我們學校還不是最後的，有Y高中墊底。」

就像在灼熱難耐的火場中找到逃生出口，聽到雀斑男的話語，大家重新燃起了一絲鬥志，臉上現出希望的光芒。

不過……桓紫音馬上當頭澆下了一盆冷水。

「太天真了！Y高中或許學生平均素質普通，卻擁有一名文武全才的怪物，又或者說……難以想像的天才。那是連吾都不得不承認、足以驚世駭俗的才華。

「吾也不知道為什麼這種人會就讀Y高中，也不跳級……不過，如果現階段立刻舉行比賽——吾很肯定，怪物君將以登堂之姿，一人技壓全場，A、B、C、D、E五所高中，無人可敵。

「唔……怪物君的外號叫什麼來著？什麼妹的……似乎是兩個字，吾一時想不起來。」桓紫音秀氣的眉毛皺起。

眾人得知真相後，都是沉默。綜合桓紫音給的線索，也就是說，C高中現在是六所學校裡……最弱的。

這麼一想，桓紫音逼迫沁芷柔上去測試虛擬實境機的行為，似乎就合理了不少，至少看起來不再那麼不近人情。

然而，我還是堅持初衷，「C高中是吊車尾也無所謂，讓我先測試機器吧。」我注視桓紫音，「如果妳說的是事實，那更要珍惜現在處於排行榜第二的沁芷柔。」

眾學生與師長們也跟著紛紛開口求情。

然而身為一個獨行俠、宇宙廢棄物，我有自知之明，這些人肯定不是響應我柳天雲的話，只是單純想幫沁芷柔解危罷了。

大概是眾人的請求，使桓紫音產生了一絲動搖，她考慮一陣後，終於改變了決定。

「……雖說汝等卑微，但吾慈悲為懷，偶爾為了螞蟻挪開將要踏下的腳步，也未嘗不可。那個誰，零點一，汝就先上去試試。懷抱著對吾的崇敬，當虛擬實境機的第一個使用者。」

眼看目的達到，我鬆了口氣，呼出一口屏住已久的粗息。

我向沁芷柔看去。沁芷柔原本正望著我，見我目光向她移去，立刻轉過頭去，彷彿正以動作表示：「……我可不會感激你。」

這樣子……很好。

孤獨的行者，原本就不需要多餘的牽掛；牽掛過多，會使他們淪為平凡人。感激、憎恨、哀傷、欣喜、歡樂……遠離人群的情感之毒，擁抱寂寞與自我，才是獨行俠的宗旨。

……幻櫻之所以強，或許正因為她是獨行俠中的佼佼者。

「零點一，去測試吧。」

在桓紫音與眾人的注視下，我邁步向輕小說虛擬實境機走去，並在機器前蹲下。我捧起藍色的頭盔，往自己頭上套去，就在頭盔即將觸碰到頭髮時，一句清脆的話聲自教室角落響起。

「……小心點，弟子一號。」是幻櫻。

她奇特的黑袍打扮本來就十分引人注意，只是桓紫音比她更怪，所以剛剛才沒有人理會她，但幻櫻此刻一說話，就挑起了大家的好奇心。

「汝……難道是黑暗精靈派來的刺客？」桓紫音打量著幻櫻，中二病再次發作。

「……聒譟。」幻櫻冷冷道。

「汝、汝說誰聒譟！」桓紫音大概沒料到有人敢這樣對自己說話，呆了一下才發怒。

眼看似乎要往奇怪的方向展開新戰場，我趕緊套上頭盔遮蔽視線，視野全暗。我等了一下，沒等到想像中的「要進入遊戲嗎？」、「開始遊戲？」這種選項浮現，思索片刻，想到頭盔右側似乎有個按鈕，於是伸手按了下去。

喀嚓一聲，按鈕陷下又彈起。

隨著聲音，眼前一瞬間發黑——那是真正意義上的黑暗，彷彿視神經失去了效果，連一絲微光都無法感應。

緊接著……

從未想像過的新天地，展現在我的面前。

第七話　重生吧！魔王大人

「鈴鈴鈴」的鬧鐘聲震耳欲聾。

縮在溫暖的被窩中，我沿著聲音的方向，往枕頭旁伸手一拍，恰好按在鬧鐘的開關上，四周重新歸於寧靜。

接著我睜開雙眼，將頭探出被窩，冬季清晨寒冽的空氣，立刻以溫差刺痛了臉部肌膚。

維持著縮成一團的姿勢，我轉動頸子，看清了自己身處的地方。

比對窗外的樹木高度，房間似乎位於二樓。房間有八張榻榻米大小，我睡的被窩處於房間正中間，近窗的牆邊有一張堆置著幾本教科書的書桌，另一面牆邊散亂排著不同類型書籍的矮書櫃，書櫃旁是一臺老舊電腦，房間角落還有一個紙箱，裡面堆著棒球手套與一顆籃球。

而一個正正方方的黑色環釦型書包，則是擺放在枕頭上方不遠處。我伸手將書包翻了過來，看見正面印著「縣立高級X中學」的字樣。

這是……

我從被窩中跳起，在寒冷的氣溫中打了個哆嗦，接著低頭看了看自己，發覺手腳都變得短小，身高也比之前矮上許多。綜合那書包上的文字線索，可以推測出這身體的原主人應該是個國中生。

不過，我仍清楚記得自己是誰，也知道自己正在虛擬實境機中進行輕小說體驗。可以說，我是以柳天雲的意識，穿越到了小說主角的身體裡。

觸覺、嗅覺、視覺……所有感官都模擬得十分完美，如果不是我清楚地記得自己的記憶，我甚至會誤以為這裡才是現實世界。

「或許……就另一個層面來說，這裡也是現實世界。」我思想飛馳，心道：「對這個故事世界的原角色來說，這裡的一切都是真實發生的，所有人都認真努力地『活著』。」

我先嘗試往空氣中打了幾記刺拳，出拳軟弱無力，這身體的力量非常弱。接著原地跳了幾下，不止跳得不高，還立刻就氣喘吁吁。

沒力量，耐力也十分不足——我對這身體的評價下降了幾分。

「算了，反正我是主角。

「哼哼，所謂的主角呢，當然不會缺乏主角威能這東西，體力弱又怎麼樣，說不定廢柴流反而是讓女主角們喜歡的萌點呀。」

想到這裡，我安心了下來。不過……我現在要做什麼？

一看鬧鐘，發現已經早上七點了。

「嗯，按照正常展開，這時候應該拎起書包，離開家裡去上學。」我一邊讚嘆著自己的機智，拿起書包，推開房間大門走了出去——

一名留著及肩短髮、穿著柔道服的橙髮美少女，映入我的眼簾。

她就站在大門口，臉頰被寒風凍得紅撲撲的，似乎已經在外面等了很久。

「這樣啊，來這種套路。」輕小說宗師如我，隨即理解一切，朝她露出笑容，「一起上學的青梅竹馬是吧？非常好，我喜歡！」

「呵呵。」面對我的微笑，橙髮美少女也以笑容回報。

這時我注意到她雙手空空，並沒有帶書包……嗯，這說不定是個容易忘記東西的迷糊蛋，看來必須開口提醒。

「妳沒有帶書……嗚噗！」

原本提在我手上的書包落地，身體像斷線風箏般，被強大的力道一拳打回房間裡。

「呵呵呵呵，魔王耕助，今天就是你的死期！」橙髮少女仍站在門口，一邊大笑，身上竟然開始散發出肉眼可見的……鬥氣？如格鬥遊戲中怒氣值滿槽的人物般，強烈的紅色光芒正不斷自她身上衝出。

「就算你躲到人間界，附在別人的身體上，我還是會追來……給你致命一擊！」

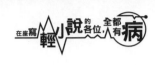

「？」我勉強爬起身來，猝遇怪事，愕然不解。

橙髮美少女的左掌劃了個半圓，放到腰際上，右掌同時往前伸出，掌心向我直立，擺出了戰鬥架式。

「接招吧，吃我的滅．氣．真．升．龍！」

橙影閃動。

當我再次看清橙髮少女的身影時，她已經輕巧地站在……

——站在我的身後，房間內的窗戶前！

橙髮少女望著窗外，沒有回頭，以帶著一絲落寞的語氣，淡淡道別：「再會了，魔王耕助。我們五百年來的恩怨……歸於塵土，就此揭過。」

碰！

伴著她話聲落下，我的胸前衣服碎開，出現一個發紅發燙的拳印。

「嗚噗！」彷彿早已註定般，我吐出一大口鮮血，然後……視線逐漸傾斜。

——「魔王耕助」的身軀倒下。

「鈴鈴鈴」的鬧鐘聲震耳欲聾。

縮在溫暖的被窩中，我沿著聲音的方向，往枕頭旁伸手一拍，恰好按在鬧鐘的開關上，四周重新歸於寧靜。

接著我睜開雙眼，將頭探出被窩，冬季清晨寒冽的空氣，立刻以溫差刺痛了臉部肌膚。

維持著縮成一團的姿勢，我轉動頸子，看清了自己身處的地方。

……真熟悉的場景。我剛剛，好像死了一次。

想起之前胸口上的赤紅拳印，推測漸漸轉為了確信——就像遊戲輸了能夠重來那樣，看來輕小說虛擬實境機，也附帶自動重新開始的功能，這已經是第二次體驗這部輕小說了。

下一秒，強烈的憤怒與困惑，如狂猛的浪潮般一起湧上心頭。

「烏沙跟那！（註5）」我猛然一拍地板，掌心傳來一陣真實無比的疼痛感。

說好的主角威能呢？為何我柳天雲竟然剛照面就被一臉女主角樣的傢伙給秒殺！

從橙髮少女的話語來推測，魔王耕助至少也活了五百歲，就算附身在人類身體上，被敵人一拳打死，也弱小得過分誇張！

註5　發音為日文的「開什麼玩笑」。

……魔王？

「等一下！」我想到可能的解釋後，心頭一凜，「該不會這魔王是法術系的？」

「好……來試試！」

「火焰流星！」我伸手一招。

毫無反應，連半點火星也沒發出。

「冰霜之環！」

四周氣溫確實很冷，不過跟我的冰霜之環沒半點關係。

「火龍翔天！」

「千度火神！」

「海神刀！」（註6）

我胡亂喊著小時候看過的漫畫裡的帥氣招名，虛弱的身體喊得微微喘氣，卻施展不出半點想像中的魔力。

什麼鬼魔王啊，一整個超弱的啊！

我坐在床上生著悶氣，時不時看向大門。有了前車之鑑，我知道現在如果推開門，立刻就會撞見橙髮美少女，然後展開劇情戰鬥，而且對方的戰鬥力至少是我的

註6　這三招源於國產經典漫畫《摺紙戰士》，該漫畫已完結多年。

一百倍、不，一千倍。

「等一下，柳天雲。」我以指腹按著下巴，自言自語。「冷靜下來，仔細想想。這是一部能被選入C高中輕小說排行前二十名的輕小說，質量絕對不低。也就是說，不太可能會發生故事才剛開始，就馬上迎來結局這種不合理的怪事。」

順藤摸瓜，有了基礎思路後，我進一步做出臆測。

「這具身體是魔王耕助的，但……主意識與操縱行動的，卻是我柳天雲。」

我走到書桌前，拿起一本教科書，撕下其中一頁。拿著紙頁，我喃喃道：「我可以自由選擇不同的行動……不受任何限制。」

我將紙折成了鈍頭紙飛機，接著隨手扔出，飛機在房間中轉了一圈，撞到牆壁落地。

「換句話說，我可以違背原本的劇情，不照『魔王耕助』原本會抉擇的路走。」

望著落在地上的紙飛機，我腦中彷彿閃過一道電光，瞬間明白了一切。

「……我懂了！八九不離十……是因為我違背了魔王耕助的行事原則，所以我才被橙髮少女當場轟殺！

「或許魔王耕助說出某些關鍵句子，就會讓對方心軟，從而不下殺手！只是我沒有魔王耕助的記憶，所以被當場痛宰，導致上一輪的故事Game Over！」

我剛想通一切，還沒考慮好要怎麼應對，這時隨著「砰匡」一聲巨響，異變突

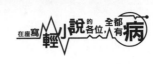

生！

——！

在我暴突雙眼的注視中，大量木屑飄飛，門板被打出了一個大洞，橙髮少女自破洞中走了進來，一臉怒色。

「魔王耕助，受死！接招吧，吃我的滅・氣・真・升・龍！」

我雙手用力猛搖，「等……」

橙光乍現。

我剩下的言語，被淹沒在強大的拳勁中。

「鈴鈴鈴」的鬧鐘聲震耳欲聾。

連冬天的寒意都無法平息我的怒火，我在被窩中伸手猛力一拍，將鬧鐘鈴聲關閉。

「搞什麼鬼啊啊啊啊！老子已經死兩次了啊！這輕小說虛擬實境機到底是怎樣，還讓不讓人玩了？這部小說的名字該不會叫做《千里大逃殺》吧！

「說好的萌妹妹呢？說好的美少女投懷送抱呢！」

我大怒之下，聲量失去了控制，罵聲在寧靜的清晨聽來格外響亮。

……等等。

聲音格外響亮？我臉色一變。

砰！大量木屑飄飛，門板被打出一個大洞，橙髮少女自破洞中走了進來，一臉怒色。

「魔王耕助，我聽見你的聲音了，速速受死！

「接招吧，吃我的滅・氣・真・升・龍！」

……橙光閃動。

「鈴鈴鈴」的鬧鐘聲震耳欲聾。

我縮在被窩裡，連鬧鐘都懶得關掉。

以魔王耕助的身分，我已經連續被殺三次了。

——簡直像遊戲中被人殺回重生點，出了安全區域後，又不斷重複死亡過程的地獄倒楣鬼。

我察覺到，隨著死亡次數增多，慢慢的，內心對「死亡」一事開始變得習慣，

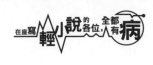

明知能復活後，心裡也沒那麼恐懼了。

出門會死……不出門，也會死。

很好，很好——

這豈不是……很有趣嗎！

被逼到極限後，我忍不住以手按臉，發出富有柳天雲風格的大笑。

「哈哈哈哈……哈哈哈哈哈……」

非常好！

如果以魔王耕助的身分不行，那我就以……柳天雲的方式，來解決這場鬧劇！

我爬起身，大步前進，接著猛然推開了門。

果不其然，橙髮美少女站在門後，道出開場白，全身散出肉眼可見的鬥氣，左掌劃了半圈放在腰際，右手成掌立在身前，擺出我看過N次的大招架式。

「這招……是滅氣真升龍對吧？」我面不改色，朝她搖晃手指，充滿輕視地道：「妳難道真的以為，這招能夠滅殺我魔王耕助？」

我原本只是隨口胡扯，沒想到話一出口，橙髮美少女臉色頓時變得蒼白無比，連連後退，身上的鬥氣也隨之潰散。

「不可能！絕對不可能！這招是我在深山中修煉了三十年的終極祕密武器，從未在別人面前施展過，就連名字也是十分鐘前剛剛定下——你是怎麼知道的，魔王耕助！」

我是怎麼知道的？

……喂，我被妳這招足足殺了三次。

我知道眼前的少女是輕小說中的人物，自然不會有前一輪經歷的記憶，不過還是很想吐槽。

「魔王……之指！」我擺出雍容氣度，伸指比向她，「妳早在一百年前，就已經中了我的魔王之指，之後不管妳有什麼想法，都在我的意料之中。當然，我也知道怎麼破解妳的滅氣真升龍。

「小姑娘，妳不是我的對手。快走吧，我不想殺妳。在我魔王耕助動怒之前……妳還有離開的機會。」

聞言，橙髮少女思忖良久，臉色複雜，最後面向我，沿著走廊慢慢後退，倒退走下樓梯。

「魔王耕助，今日放過我……你會後悔的。」

真是死要面子，她連逃跑也不忘說句場面話。

目送少女走遠後，我精神疲憊地嘆了口氣，轉身回到房間，關上門。

我看向地上的書包，彎下腰，打算低頭將它拾起——

「魔王耕助，難道你真的以為……對付你這種厲害傢伙，我們會只派出一個人？」

我的手指剛碰到書包把手，一陣迥異於橙髮少女的清亮話聲，自我的身後傳來。我維持著彎腰姿勢，緩緩回過頭。

不知何時，我身後出現了一位穿著黑色緊身衣的女忍者，她全身被布料遮得只露出一對眼睛，背上負著忍者刀，頭下腳上，如蝙蝠般倒掛在天花板上。

「剛剛的女孩，只是我們陣營中最弱的一人。」

……很經典的戰術，最弱的總是最先出場，試探敵人實力，就像象棋中的卒先當砲灰送死一樣。

「這麼說來，妳是陣營中倒數第二弱的？」我冷冷發問。

「好個魔王耕助，竟然連這點都料到了嗎？」

「不，我只是料到了你們的智商，又或者說作者的老套。」

「……作者？聽不懂你在說什麼。」女忍者一個漂亮的迴旋翻身，巧妙落地，接著從背後抽出了明晃晃的武士刀，「為了表達對你的敬意，接下我的最強一擊吧——魔王耕助！」

不，我深深覺得妳用最弱的那招就夠了。

「忍法・分身術！」

「忍法・二重分身術！」

「忍法・三重分身術！」

隨著她話聲落下，女忍者一化為二、二化為四、四化為八，變成了八個人將我圍在中心。

接著八名女忍者腳步一踏，口中急速念著「臨兵鬥者皆陣列在前」同時躍向我，八人在半空中橫刀蓄勢，一看就知道威力非同小可。

「忍法・終之太刀——亂刃浪！」

……我閉目。

之後，我死了很多次，非常非常多次。

一百次？還是兩百次？

死到幾乎麻木，連自己姓什名誰都快忘了。

累積了無數次死亡後，我慢慢變得熟練，逐漸學會生存之道——並下定決心，出去後一定要揍扁寫出這個故事的作者。

但我沒有收到後宮，連一個也沒有，我對這點感到非常疑惑。照理來說我是主角，後宮應該要多到可以組成女子棒球隊才對。

隨著劇情進展，我意外發覺魔王耕助在設定上其實是個善良的好魔王，一身魔力為了拯救人間界而消耗殆盡，破壞人間界的凶手是耕助的親弟弟——二魔王耕樹。

帶著以錢雇來的傭兵，包含會使「滅氣真升龍」的橙髮美少女，還有會分身術的女忍者，加上其餘十多位高手，在我又死亡三十多次後，我們終於成功討伐了二魔王耕樹。

……好個大義滅親。

最後二魔王耕樹臨死前，又道出了驚人的真相，他其實是為了拯救得了重病、需要吸收人間界精氣的妹妹——三魔王「耕柔」，才毅然決然踏上了反逆之路。為了妹妹，他不顧魔界大臣反對，以一人之力與人間界對抗。

見到這段劇情時，我心中一驚，才猛然想起所有人的輕小說題目都是妹控走向，只是我死到變得瘋狂，已經把這件事忘到九霄雲外去了。

二魔王耕樹獨自一人承受壓力已久，最後他選擇在死前吐露真相，要求我——大魔王耕助做出一個選擇，要犧牲人間界守護最愛的妹妹，還是選擇保護人間界的人類。

我在這裡大概又死了五十次。

說也奇怪，我如果想選擇人類一方，就會出現隱世強者將我斬殺，或是從時空裂縫中跳出魔界援軍，甚至是天空降下莫名其妙的隕石砸死我。

以不依不饒的實驗精神，我終於明白過來——這作者肯定是寫了選擇妹妹魔王的結局，而設定好的結局是不可逆的，我只要違背作者的原定結局，就會被外力強行殺死，然後又要從頭到尾跑一遍劇情。

這就好像我被限定要登上一座險峻的山峰頂端，過程中的路線隨便我選，但最後就是得爬到峰頂，才能完成任務交差。

被殺到心力交瘁的我，最終選擇了妥協——

「哇哈哈哈哈，其實我魔王耕助……從一開始就在設計你們！」

「什麼！」

「你……我們的盟友誓約呢！」

「耕助，你原來是這種人嗎？嗚嗚……」

這次很順利，沒有觸發奇特的事件。如果說保全人類線的難度好比一拳打碎月球，妹線劇情的難度就跟戳穿一張衛生紙同樣容易。

我發出標準的魔王式笑聲，抱著魔王妹妹，掃視周遭一圈，轉身而走。

——通往結局的最後一幕，是我抱起妹妹耕柔，將眾人類們留在身後，身影漸去漸遠……

眼前跳出了白底藍字——

「恭喜您，成功經歷了《為了魔王妹妹一切都難不倒我》輕小說！主線完成度

16%，支線劇情完成度5%，綜合評價：超級輕小說菜鳥。」

……好低的評價。

隨即我注意到了書名，怒火瞬間上湧。

混帳，這書名就是徹頭徹尾的捏他！倒是在輕小說開始前就把書名告訴我啊，這樣就不會冤枉多死那麼多次，我死了破百遍啊破百遍！

虛擬實境機的設計人給我出來！寫這本輕小說的人給我出來！

「體驗結束——您可以放心取下頭盔。」眼前出現這樣的文字。

懷著滿腔不悅，我褪下了頭盔，接著發覺室內所有人都注視著我。

「果然悲慘的人，到了虛擬世界也一樣悲慘呢。」沁芷柔以一種憐憫、同情弱勢生物的表情，長長嘆了口氣，「明明扮演著潛力無窮的魔王，旁人看著卻像隻卑微的哥布林。」

「汝……懷抱著滿滿怨念，有成為黑暗眷屬的資質。」桓紫音原本一直刻意維持的撲克臉也軟化了幾分，「零點一，吾可以勉為其難收汝為黑暗騎士。」

就連披著黑袍的幻櫻也走近，拍了拍我的肩膀。

「別擔心，弟子一號。」她柔聲道：「聽說過了三十歲還保有童貞的男人，可以轉職成魔法師喔。以你的潛力，絕對可以一路進化為傳奇級別的賢者，到時就能放出法術了。」

幻櫻一貫以溫柔的語氣說著惡毒的話。

「柳同學也真是可憐呢。」

「這麼多後宮出現過，卻一個也沒收到。」

「嗯……真搞不懂他為什麼能追到沁芷柔大人。」

「就是就是。」

甚至連不相干的同學，也對我展開毫不留情的批評。

聽到這我終於忍耐不住，開口詢問：「你們到底在說什麼呀？」

「……弟子一號。」幻櫻輕嘆，「機器裡頭的時間，似乎與外面的流速是不同的，你可能覺得在虛擬實境裡待了很久，但我們現實世界只過了二十分鐘而已。機器還會自動剪接你經歷的劇情片段，像電影那樣播出重點給我們看。」她說到這，伸手朝著教室前方的牆壁一指。

我轉頭向牆壁看去，果然看見虛擬實境機就像投影機般，在牆壁上投影出一片黃色光幕，只是現在沒有播放影片。

「所以呢？」我狐疑。

「所以我們看見了你一直死、一直死，像個蠢蛋一樣一直死，卻沒發現推進劇情的重要道具，也沒與任何美少女有感情發展。

「打個比方來說，你一開始在房間裡睡醒時，只要打開放在頭頂上方的書包，就可以看見裡面有一本魔導書；念誦其中的文字，就能夠施放出強力咒語，接著可以輕易打倒來襲的殺手，並收她為第一個後宮。」

我目瞪口呆。

「是……是這樣的嗎？」該不會第一條咒語是薩喀爾（註7）吧。

「當然。」一個戴眼鏡、書呆子外表的男學生道：「因為那本輕小說是在下寫的，我在輕小說排行榜裡，排行十六。」

「……」

幻櫻繼續苛責我：「你卻不按牌理出牌，因為怕被殺，竟然逃避主線劇情跳窗戶逃跑！」

「我有逃跑的理由。」我說道。

「說！」幻櫻道。

「人被殺，就會死（註8）。」

註7　出自《魔法少年賈修》。咒語薩喀爾（ザケル），能讓賈修從嘴裡放出電流攻擊敵人。

註8　《Fate/Stay Night》中衛宮士郎的一句話，看似廢話，其實需要連結動畫上下對白來看，描述士郎體內阿瓦隆劍鞘被取出後，他將喪失異於常人的恢復能力，被殺的話就會死，卻被人單獨取出臺詞用來吐槽。

伴隨著怒火滿滿的呿聲，我的側腹挨了一記肝臟攻擊。

這可是很有名的臺詞呀！為了守護經典臺詞的重要性，我憤憤道：「為什麼這樣就揍我？」

「我想看看劍鞘會不會被揍出來。」

原來妳也懂這句臺詞！

「……剛剛那先不說，上學途中有美少女昏厥倒地，你竟然直接走過去，理也不理？」幻櫻又問。

我摸了摸頭，道：「當然呀，那又不是現實世界，救她肯定會發生奇怪的事，如果她忽然跳起來賞我一記波動拳，我豈不是又白死一次？」

「你要明白一件事，碰見美少女代表會發生好事！」幻櫻解釋。

我看了看幻櫻，又瞧了瞧沁芷柔，「……我不覺得。」這兩人的美少女指數滿分，但遇見這兩人以來，幾乎倒楣到家。

「弟子一號，你的眼神讓我很不舒服，像是在暗示什麼。」幻櫻斗篷微微掀起，我猜她揚起了藏在底下的拳頭，「……揍你喔？」

勁風響起。

我本來以為幻櫻又揮出了羚羊拳之類的招式，意料不到的是，對我動手的竟然是……沁芷柔？

「可惡的傢伙！」沁芷柔如旋風般衝近，像是怕我逃跑般，抓住了我的手臂，用力將我拽近，怒道：「倒地美少女＝命運邂逅！你竟然把美少女當作地上的垃圾一樣，看一眼便轉開視線，就這樣走過去！」

沁芷柔的音量非常大，說話的同時更拚命搖晃我，完全不顧自己在旁人眼中的形象。

我一愣，她現在應該是校園偶像模式呀，優雅又高傲，為什麼會像「水雲流少女」一樣對我做出這麼粗暴的行為？

除非……我真的太過分了。

過分到，讓她忍無可忍。

……由於被她晃得十分難受，我試圖勸阻對方。仔細回想，除了對路邊的美少女見死不救，我好像沒有犯什麼錯呀。

「妳也不必這麼生氣吧？也就一件小事而已。」

「小事？」沁芷柔震驚，「好個小事！你在轉角撞到咬著吐司的女孩，拍拍屁股就走人；有美少女從天上掉下來，你竟然閃開而不是接住對方，任她跌個狗吃屎！這……柳天雲，你竟然稱為小事？」

「從天而降的美少女，懷裡露出炸彈的引線。」我十分無奈，解釋道：「我也不想這樣，但我深深覺得她會殺掉我。」被一堆莫名其妙的大招轟殺後，我真的是死怕了。

「那轉角撞到咬著吐司的女孩呢？她一副天真可愛的模樣，你還有什麼理由？」

「啊啊……關於這個，我已經有了前車之鑑。」

前車之鑑就是妳。

「你還沒死過，怎麼知道她們會殺你！」沁芷柔再度反駁。

「不，我覺得有些事是不必親身嘗試的。」

「就算是這樣好了，能被二次元美少女宰掉也是你的榮幸！」

「我已經獲得好幾百次榮幸了，還是把這份殊榮讓給別人吧。」

沁芷柔擺出「竟然有這種人」的憤怒臉孔，氣憤至極，「你……你簡直膽小如鼠！」

「至少是活著的老鼠。」

「汝等……在吾面前，切忌嬉鬧。」桓紫音略微有些不滿，「今晚的目的是讓菁英班二十人輪流體驗虛擬實境機，所以吾才會集合所有人到此，並一再催促未到場的眷屬過來。親身體驗別人的故事，能讓汝等以主觀角度去探查劇情，換取日後寫作時更流暢的思路。」

「如果聽懂的話……立刻停止讓吾起雞皮疙瘩的打情罵俏。」

沁芷柔翻了個白眼，氣呼呼地轉過身去。

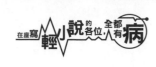

桓紫音想了想，道：「零點一，由於汝的表現實在太過殘念，殘念到讓人無法直視、忍不住產生同情，吾決定破例再讓汝嘗試一次。」

再試一次？我連忙道：「再試一次可以，但我要好一點的故事，主角要強、世界觀要正常！對了……無節操美少女也要多！」

「呼姆。」幻櫻突然發出含糊不清的聲音，手從黑袍底下伸出，狠狠往我腰間捏了一把。

我不懂幻櫻為什麼捏我，朝她望了一眼，卻看見她頭罩底下的雙眼閃著寒光。

我一看之下更是糊塗，不明白她為什麼生氣，但幻櫻的目光如一盆冰水般當頭澆下，讓我再次憶起這個名義上師父的恐怖之處。

……好吧，閉上嘴巴乖乖再試一次輕小說虛擬實境機，看來才是最好的對策。

我朝桓紫音一點頭，戴上藍色頭盔，視野再次陷入一片黑暗。

「等一下！這機器可以幾個人一起使用？」

我還沒按下開始鈕，耳邊忽然響起了沁芷柔的聲音。

她很著急。那著急程度，活像已經看見我再次不理會倒在路邊的美少女那樣。

「吾記得……說明書上有寫，一臺機器如果連上兩個頭盔，可以兩個人一起體驗。」桓紫音以不太確定的嗓音做出回答，「如果兩個人一起體驗，似乎會挑選一個適合的人擔任當主角，餘下那人擔任重要配角，幫助推進劇情。」

「那好！人家要跟柳天雲一起參加！就算只是看，我也無法忍受他的行事風格。」

沁芷柔說道：「跟本小姐一起進入，柳天雲那種殘念傢伙大概只能擔任路邊的石頭吧。」

等一下，我從來沒看過路邊石頭擔任重要配角的小說。

「哼哼……」發出非常容易想像的得意聲音，沁芷柔十之八九正雙手抱胸，露出了不起的表情。

「主角就該閃閃發亮，本小姐要示範給某人看看，『正常主角』是什麼樣子！」

第八話 果然我的妹控戀愛喜劇搞錯了

在清晨吵雜的鳥鳴聲中，我在床上睜開眼睛。

……又是從床上醒來做為開頭啊。

房間裡收拾得很整齊，有書桌、背包，還有一個衣櫃，除此之外就是我躺著的白色彈簧床。

我轉頭，看見不遠處的空中飄浮著一行藍色大字，寫著：

「本次您的演出角色為——男主角！」

「輕小說主線劇情觸發：請躺在床上，等妹妹過來叫你起床。」

男主角嗎？也好，我不相信每個人寫的男主角都像魔王耕助衰成那樣。

半空中會有藍字提示，是因為我跟沁芷柔進入遊戲之前，桓紫音「好心」提醒我們，其實這虛擬實境機設計非常優良，有新手幫助模式，為了不讓我們太過辛苦、難以破關，所以這次會開啟新手幫助功能。

但在我看來，桓紫音簡直是惡意滿滿，如果只有我這個「零點一」一個人體驗的話，新手幫助模式會被乾脆地遺忘在記憶角落——不如說，我不被調成地獄難度就不錯了。

知己知彼，百戰百勝。照著習慣，我首先估量自己的身體狀況。我躺在床上，先朝天花板揮了兩記勾拳，這次感到拳頭頗為有力，看來這男主角體格還算像樣，如果要比近身搏鬥，幹掉魔王耕助是穩妥妥的事。

嗯，總之……我現在躺在床上，等妹妹過來叫我起床，這樣就可以了吧。這設計比上一篇輕小說人性化許多，一起床就馬上拿魔導書展開戰鬥的日常太苛刻了，做為讀者看來很有趣，親身體驗就會讓人叫苦連天。

過了幾秒，走廊上響起啪躂啪躂的腳步聲。

——終於來了嗎！

我無法控制自己的激動，即使是在虛擬實境中，這具虛擬的身體，心跳也在不斷加速。

二次元的妹妹即將登場！

不是「咦？一定要跟哥哥一起出門嗎」、「遙控拿來，我要看偶像劇」那種糟糕的現實妹妹，而是超萌、集完美於一身的二次元妹妹！

咿呀——

在我望眼欲穿的等待中，房門緩緩被人推開。

「……」

然後沁芷柔一臉不悅地走了進來。在我眼中看來，她依舊是原本的相貌，穿著C高中的制服，不過現在脫掉了鞋襪，穿著毛茸茸的兔子拖鞋。

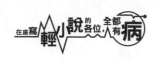

在觀察沁芷柔的反應後，我猜出自己應該也是維持柳天雲的樣子。

她走進房裡後，一句話也不說，只是走到我的床邊坐下，看得我莫名其妙。

「妳來做什麼？」我發問。

「哼。」沁芷柔緊抓床上的棉被，一臉咬牙切齒，「真是沒想到，我堂堂一個校園偶像，竟然沒能抽到主角！晶星人到底是怎麼設計的！而且系統竟然安排一個、一個這麼差勁的角色給本小姐！」

聽過就罷，我朝她揮揮手，下了逐客令。

「嗯嗯……真令人同情啊。」我敷衍地道：「好了，妳趕快離開，我妹妹要來了。」

「……我就是你妹妹。」沁芷柔低語。

她的話聲含著羞意，說得又輕，我沒能聽清楚，於是道：「妳說什麼？大聲一點。」

在我的追問下，沁芷柔的羞意化為怒氣，忽然將身體擠了過來，在我耳邊大喊：「所、以、說，系統安排了角色，我就是你妹妹！」

呃，沁芷柔……是我輕小說中的妹妹？

我瞪大雙眼，盯著沁芷柔不放。

一秒。

兩秒。

三秒。

接著我的臉垮了下來，完全無法掩飾自己內心的失望。

「沁芷柔，妳知道怎麼退出遊戲嗎？」

「……」沁芷柔露出甜美的微笑，「柳天雲，你問這個做什麼？」

「以防萬一嘛，難道妳去逛百貨公司時，不會先確認逃生門在哪嗎？」

「我覺得會這麼做的只有你。」

「先不說這個，到底要怎麼退出遊戲？」

沁芷柔望著我，忽然像貓一樣撲擊上來，將我的頭顱夾在她的腋下，怒道：「你還說！把別人當笨蛋嗎？本大小姐當你的妹妹，至少也是你三萬輩子修來的福分，竟然還嫌、還嫌、還嫌！」

她每說一次「還嫌」，手臂就用力收緊一次，將我的臉孔往她豐碩的側乳上擠壓。

我想起上次差點被沁芷柔悶死的事情，在抵抗中一扳她的手腕，卻意外發現——沁芷柔的力氣非常小，被我捉住手腕之後，她竟然完全無法掙扎。

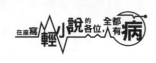

我隨即醒悟過來：在虛擬實境中，個人肉體強度是依據扮演的角色來決定！也就是說，在這裡，我比沁芷柔還要強壯許多。

我反過來壓制了沁芷柔，她被我壓住手腕，在床上動彈不得，只能惡狠狠地瞪著我。

……或許這是好機會，為了我的人身安全，可以藉機逼問、印證我心中的猜想。

我一直都覺得很奇怪，沁芷柔當初轉換為「水雲流少女」時為什麼要特地先換和服，之後要轉成天然呆少女又要換回校服。雖然之後有做推測，不過在問過沁芷柔本人之前，再多的推測，也只是缺乏證實的腦補。

「妳是不是要換上特定衣服，才願意扮演筆下的角色？」我問道：「妳之前穿上和服，應該是為了轉換成水雲流少女吧……我猜水雲流少女的設定就是穿和服的？」

「跟你沒關係！」沁芷柔氣鼓鼓地道：「就算是，人家也不會告訴你！」

……看這反應，大概說對了。

這樣的話，脫離虛擬實境機後，我只要小心點，不給她換上和服的機會，就不會被水雲流少女痛宰。

如同超人變身前要換衣服一樣，沁芷柔的設定也不能說轉就轉。

這是非常寶貴的消息，從過去的經驗中，我就能導出不少結論——

校服↓校園偶像模式、天然呆少女模式。

和服↓水雲流病嬌少女。

非常好，我已經掌握到一些規律了。

不過，她到底還有幾種設定可以轉換，我就不得而知了。

「……」頭腦派的我出了虛擬實境機後，就不是沁芷柔的對手，所以這是千載難逢的好機會。

我一邊思考著還有什麼問題，接著……忽然想到一件事。

……沁芷柔跟我同年紀。

而且，撇除那殘念的性格，她是非常優秀的輕小說家。

這麼說來，如果她也是從小開始接觸寫作，或許會聽過晨曦這個筆名，而有一些晨曦的線索。

當然這想法完全是一廂情願，就算沁芷柔從小開始寫作，她也沒有關注寫作比賽的必要。但只要有一絲希望，能夠在伸手不見五指的地方，看見可能代表出口的亮光——就算尋找過程中一再碰壁，走錯了無數次路，我也義無反顧。

「沁芷柔，妳聽過晨曦這個筆名嗎？」

終於，我開口問。

沁芷柔原本轉開、不願與我對視的臉龐，這時候輕輕移回，正眼與我對視。

這個距離，我能看到她碧色的雙目裡，並沒有閃過我預料中的疑惑。相反的，她以帶著思慮的目光直視我，似乎在評估該不該回答我的問題。

看到她的樣子，我的心猛然一跳。

由沁芷柔的表情看來……就好像，她對晨曦這個名字並不陌生；就好像，她對這個名字，有著超乎我想像的熟悉。

在這短短的幾秒內，我們目光相接，心中各自轉著念頭。

最後，即使在虛擬實境裡，我依然感覺到一陣讓我頭皮發麻的驚怵感！

——等一下！

女孩子。

與我相若的年紀。

強大的輕小說實力。

對晨曦這個筆名，有著非同尋常的反應。

難道說，沁芷柔就是……

我從來沒有見過晨曦，但是在我的心目中，晨曦的預設形象是溫和、體貼、為人著想、柔得像水的女孩子。

但這個『晨曦』，只是我透過晨曦比賽中的文字，以輕小說家的想像力，在心中自行添加元素所描繪的人物。

該不會……我努力想鎮定下來，但這時心裡猶如掀起了驚濤駭浪，遲遲無法平復。

「妳……」

就在我想進一步追問沁芷柔時，異變突生！

世界開始晃動。

就像湖面中的倒影被人擾亂那樣，整個世界開始呈現波紋狀的晃動，所有景物不斷模糊起來——唯二還能保持型態清晰的，就是沁芷柔還有我這兩名玩家。

與此同時，整個房間裡也響起了帶著屈辱、似乎無法忍受現狀的憤怒嗓音。

「吾看到了一切！汝等……汝等竟然利用虛擬實境機進行如此不健全、令人無法直視的異性互動！簡直是不知廉恥！

「吾在黑暗中獨自過了數萬年，從來不曾有人如此親暱地捉著吾的手，深情與吾對視，說著悄悄話！

「給我聽好了，兩個混帳小鬼！吾不是嫉妒，絕對不是嫉妒！只是忽然心血來潮，臨時想要幫汝等……轉換一個輕小說題目，讓汝等脫離這見鬼的輕小說！」

說話的人是桓紫音。在世界接連不斷的晃動中，我愕然。隨著桓紫音的宣言結束，我的眼前忽然出現了一段工整的藍色文字——

「您好，由於外力操作，本輕小說即將結束，系統將編排兩位玩家進行下一部輕小說作品。」

「您好……」

一樣的訊息不斷刷出，在我眼前陳列了數十條相同的文字。

如果是在某網路遊戲裡，這樣的動作就會被視為干擾而封鎖十分鐘，但晶星人的系統顯然十分隨意，而帶著怒火操作機器的桓紫音又更加任性，所以我只好默默接受。

世界晃動不斷加劇。

……我的眼前，驀然發黑。

眼前重新恢復清晰時，我跟沁芷柔已經身處一間和室房間裡，從環境看來似乎是客廳，有著一般家庭常見的基本擺設，如電視機、沙發、木桌、壁畫、花瓶等，收拾得十分乾淨整潔。

我有心想繼續剛剛的話題，但機會已經過了，只好把疑惑深深埋入心裡。

沁芷柔看清四周後，立刻開始翻箱倒櫃，在不大的和式房間裡展開地毯式搜索，甚至連沙發都要搬開仔細尋找，像是害怕絕世寶劍藏在下面似的。

「妳太誇張了吧？」看見沁芷柔嘗試把花瓶裡的水倒出後，我忍不住開口吐槽。

「……人家在找。」

「找什麼？」

「找足以滅殺掉你這頭色狼的武器。」

「喂，從系統分配來說，我是妳的夥伴！妳想殺死夥伴嗎！」

「在夥伴會危害到自己時，ＴＫ掉（註9）才是最好的方法。」

最後沁芷柔拆開電視機殼，從裡頭搜出了一本日記。

看著得意洋洋向我展示日記的沁芷柔，我一陣無言……原來輕小說虛擬實境機是這樣玩的嗎？我怎麼感覺倒像是ＲＰＧ遊戲，要先在自己家裡搜刮物資，才有出門打怪、推進劇情的本錢。

日記上第一頁遭人撕去一半，只剩下一半頁面，餘下的紙上，有著像被橡皮擦擦拭過的模糊文字，讀不出原本寫了什麼。

隨著沁芷柔瞇起眼睛，仔細閱讀，系統也十分人性化地將日記本的字略微放大，讓她看清日記上的內容。

「……」不知為何，看到這一幕，我感到一股詭異的違和感。

註9　《魔獸爭霸》裡的術語，代指我方作戰單位即將死亡前，搶先由己方予以擊殺，藉此避免被敵方獲得金錢與經驗值。

就好像我曾經看過、在哪裡讀過這畫面一樣。

我一愣，努力回想，卻又想不起來，違和感始終揮之不散。

日記第二頁後的文字完整，沁芷柔慢慢將其讀了出來：「六月十二日，天氣晴，今天早餐吃了燒餅跟湯包。湯包有加辣，燒餅沒有加辣。配一杯豆漿，我吃得很飽。」

……違和感更重了。

不對，不對——

這劇情我看過，有人曾經這樣寫過——我不是第一次看到這段敘述。

沁芷柔翻到第三頁。

「六月十三日，天氣陰，今天早餐吃了肉燥飯跟煎餃，配了一杯米漿，我吃得很飽。」

沁芷柔連續翻了十多頁，每頁寫著一天，全都是跟早餐相關的記載，竟然沒有半點有用的消息。她露出苦惱的神情，似乎在考慮這本日記的用處，想了一下，接著似乎打算把日記隨手扔掉。

「不對，不能扔掉！」看見她的動作，我不自覺地高喊出聲。

沁芷柔持著日記的手停住，看向我，短暫地困惑了幾秒。

過了一會後，眼看我不回話，她哼了一聲，隨手就把日記拋開。

……她把日記丟掉了。

不知為何，我竟然隱約能夠猜到這輕小說會如何發展！

或許看過的。

我在某個地方……看過相同的劇情！一旦扔掉日記本，就會出現「早餐怪物」！

「吼！」

隨著一聲大吼，一個渾身由香噴噴米飯構成、飯裡伸出海苔四肢的飯糰怪物，撞破了和式房間的大門，跳到沁芷柔面前。

沁芷柔臉色發白，發出一聲尖叫。但飯糰怪物的動作卻超乎我們的反應速度，它伸手撈起沁芷柔，把她扔進了米飯構成的嘴裡。

飯糰怪物吃掉了沁芷柔。

「混帳！」我怒不可遏，往客廳桌上重重捶了一拳。

我早已在魔王耕助的世界裡死過幾百次，明知道這是可以復活的虛擬世界，不過眼看沁芷柔被吃進怪物肚子裡，驚愕、憤怒、不甘，諸多念頭混成複雜的情緒，仍如火山爆發般，一口氣將我的心靈防線燒毀。

飯糰怪物將目光緩緩轉向我，它的眼睛是由兩顆殷紅的酸梅構成。

我怒喊一聲，雙腳一點，以連我自己都驚訝的爆發力，快速疾衝上前，奔近怪物後一個跳躍，藉著強大的衝勢，給了怪物的側臉一記重重的崩拳。

我落地後站穩腳步，看見飯糰怪物的臉被我打得凹陷下去，大片滾燙米飯碎落——這時它的酸梅眼睛忽然綻放強烈的紅光，發出「嘰——」的一聲，用米飯構成的雙手向我撈來。

我完全沒有時間思考，憑藉本能高高跳起，躲過了怪物的撈擊。

——就像之前我穿越到魔王耕助的身體裡一樣，我此刻占據的這具虛擬身體，竟然會自主做出本能反應。

與沁芷柔的視角看來不同，我自己低頭觀察，可以看見自己變成了什麼模樣。

剛剛沁芷柔在房間裡到處翻找時，我太過在意她的行為，所以一直沒有好好觀察這次擔任了什麼角色——此刻我匆匆往身上各處一掃，發覺全身竟然都是如岩石般精實的肌肉，軀體呈古銅色，手臂、指骨等地方也有著陳舊傷疤。

不需要太多臆測，一望可知，這顯然是經過千錘百鍊的武者軀體。

與魔王耕助那種會忘記咒法的法師類型不同，但凡絕強的武者，必是以無數汗水灌溉而成。

將每一個動作以上萬次、上千萬次重複練習之後，修煉成果深深銘刻在肉體記憶裡、成為下意識的反應，才能成為一代宗師。

所以此刻，意識進入這具身體的我，或許無法使出關鍵大招，但單論發揮身體能力，絕不會比武者本人要弱上多少。

「我是一個獨行俠，早已學會獨善其身……」

沁芷柔大概聽不見，飯糰怪物也聽不懂人類語言，但我不是為任何人而說，我是說給自己聽，來堅定自己的意念。

「但，沁芷柔……今天就算我進到魔王耕助那種衰弱的身體裡，我也會拚命去救妳。不為其他，只因為……妳曾經給了我希望。」

給了我一個……妳可能是晨曦的希望。

我不貪心，要求很少、非常少，只要曾經有過希望，哪怕只是懷著能夠再次接近理想的美夢，我亦心滿意足。

所以……我會戰！

「吼！」

飯糰怪物再次發出一聲大吼，擺動海苔大腳，以瘋牛般的奔勢，快速往我衝來。

這次，我巍然不動，靜靜等著飯糰怪物接近。

莫名地，我知道怎麼做。

不需要無謂的思考，不需要多餘的困惑——

這具經過無數鍛鍊的身體，早已堅定地告知我正確答案。

……兩公尺。

怪物越奔越近。

一公尺。

半公尺！

在怪物接近到極限後，我雙手往地上一撐，雙腿由下往上，呈半月狀劃出一道凌厲的軌跡！

這具身體的主人擁有可怕的怪力，飯糰怪物一聲悲吼，被我的蹴擊給踢上半空中。

我順著踢擊的勢頭翻了半圈，身體恢復平衡後，右足接著猛然一撐，往半空中跳去，後發先至，狠狠給了怪物的臉上一記飛踢！

怪物再次一聲痛吼，吃了我一記飛踢後，由往上飄飛的狼狽姿態，改直為橫，像被人猛力敲飛的棒球那樣，往前方快速飛去。

我再次落地。

看著還在遠飛中的怪物，下意識地，我擺出了弓箭步，身體半彎，將精、氣、神凝為一線，最後將全身的力量匯集於雙腿上。

這一刻，彷彿鬥氣般、肉眼可見的紅色光芒，快速往我身上匯集。

隨著鬥氣累積到了極致，我也瞬間躍出，整個身軀如離弦之箭般……以比飯糰怪物還要迅捷十倍的去勢，急起直追，在空中追上了飯糰怪物，給了它一記勢道驚人的狂猛膝擊。

碰！

飯糰怪物順著它來時打破的大門破洞直飛出去，撞上走廊的牆壁，滾落在地，米飯灑了滿地，一動也不動了。

緊接著，像是被削盡了血量般，飯糰怪物的身軀開始忽隱忽現，最後消失無蹤，連著地上的米飯碎屑一起消失不見。

沁芷柔的身軀，出現在飯糰怪物原本躺的位置。

——在看見沁芷柔出現的瞬間，我立刻轉過頭去，一眼也不敢多看。

同時，我以手掩住鼻翼，感到鼻端深處一陣發熱，彷彿快要流下鼻血。

由於有飯糰怪物厚實的身體當作安全氣囊，雖然剛剛又飛又撞，沁芷柔應該沒有受傷，只是躺在地上，昏迷了過去。

但她幾乎沒有穿衣服。

……大概，衣服被飯糰怪物的胃液消化掉了。

原本穿著C高中制服的沁芷柔，此刻衣不蔽體，只剩下幾片碎布料掛在身上。她側躺著，白裡透紅的少女嬌軀，在昏迷中似乎感到了涼意，打了個噴嚏後，下意識護住了高聳的胸肉。

我以絕大的意志力，克制自己別看向沁芷柔那邊，趕緊拉過和室的暖毯披在她的身上。

就在這時，世界開始猛烈震動。

我嚇了一跳——難道有更強的飯糰怪物要來襲，這次大到踏步會產生地震？

「何等不知廉恥！」帶著滔天怒火的話語，響徹天地。

「零點一、乳牛，汝等去到哪個輕小說世界都要卿卿我我！吾受夠了，立刻給吾滾出輕小說虛擬實境機！」

世界再次如水波般產生晃動。

「警告、警告——由於外力操作，您即將安全退出本次輕小說體驗，請勿擅自移動。」

我的眼前出現了這樣的文字，系統與上次一樣，接連刷了數十條消息。

「……」搞什麼啊。

我看了看躺在地上的沁芷柔，她昏迷時模樣清純，如天使般嬌俏可愛，完全無法與現實中會轉換成水雲流病嬌的她聯想在一起。

我苦笑了一聲。

接著眼前再次一暗，意識回到現實世界中。

事後據桓紫音等人說，由於從他們的電影角度看來，我們是劇情人物，所以他們只看到沁芷柔扮演的小女孩少了外衣，基本的內襯還穿在身上。

所以說，看見沁芷柔光溜溜、C高中制服被融掉的人……只有我。

由於沁芷柔那時陷入昏迷，當然不知道發生了什麼事。我也裝作什麼事也沒發生，我覺得一旦告知她真相，她就會立刻去廁所換上淡紅色和服，然後轉為水雲流少女來幹掉我。

現實中的我，可使不出虛擬實境中那麼厲害的連技。

不過，從別人那裡聽說我英雄救美的事蹟後，沁芷柔對我的態度產生了一點點變化。

她私底下跑來，用手指戳了戳我，「那飯糰怪物很強嗎？」

「還行。」

「哼，如果是現實中的本小姐，轉個設定，早就一腳把它踹得稀巴爛！」

確實如此，我點頭同意。

「嘛，不過你畢竟也有拯救我的微功。」沁芷柔手指逐個扳動，像是在計算什麼，過了一下，道：「好，這次可以抵銷你之前咬我、百分之一的死罪。」

我拚死奮戰，這樣竟然只能抵銷百分之一！

「……換個角度想，不是還有百分之九十九的死罪嗎？」我的臉色肯定已經發黑。

「哼。」沁芷柔哼了一聲，並不回話，邁步走開。

接著輪到其餘菁英班的成員上去體驗輕小說虛擬實境機。

我在一旁觀看，表面上盯著投影螢幕，心裡卻是思緒奔騰。剛剛我跟沁芷柔體驗的那篇輕小說，其實名為《早餐少女》。我不只見過，還細讀過多遍，所以體驗時一直有強烈的熟悉感！

即使細節略有更改，但我很確定，那部作品……就是《早餐少女》！

我絕不會認錯。

同時，也正是因為認出作品名，才使我感到無比驚訝，甚至有些徬徨。

原因無他——那是晨曦的出道作！

當初晨曦以《早餐少女》為處女作，異軍突起，在小說比賽中正面擊敗了我，豐富的想像力與流暢的文筆讓評審為之讚嘆。

這是一部半推理、半戰鬥小說，七歲的女主角一早醒來時失去了記憶，後來隨著劇情進展慢慢發現了真相——原來女主角是個喜歡挑食的小孩，長期把母親買的早餐偷偷倒進水溝裡，再去買零食填飽肚子。

日記本上的內容是虛構的，因為母親會偷窺孩子的日記本，發現這一點的女主角，於是每天在日記本記載了吃過什麼東西，其實早餐根本沒有入肚。

由於食物長期被倒入水溝裡，引起附近的狐仙不滿，所以狐仙以紙符化作各種早餐怪物，前去襲擊小女孩。

這就是各式各樣早餐怪物的由來。

七歲的女主角有個二十歲的哥哥，恰好從長年的深山修行中返家，為了保護妹妹，於是與一再闖入的早餐怪物接連不斷的爭鬥。

熟悉劇情的我明白，要讓一再來襲的早餐妖怪消失，解決方法只有一個——誠心跟各種早餐妖怪道歉，早餐妖怪就會一一消失。

……不對。

推測到這裡，我忽然心覺疑惑。

這篇小說裡……雖然有妹妹，但不是傳統妹系小說，不符合這次大家寫的輕小說題目。可是，會被放入輕小說虛擬實境機中，就代表……那是排行榜前二十名學生的作品。

我按捺不住心中的疑惑，提高了音量，朝室內所有人問道：「剛剛我跟沁芷柔體驗的作品，是誰寫的？」

「……」眾人都是沉默。

我再一細思，忽然發覺，早前公布排行榜時，就已經在名字後附註作品名了，根本沒有《早餐少女》這篇入圍。

投影出的螢光幕上，一名男學生正在類似勇者鬥惡龍的世界裡活動，他打開寶箱，喜出望外地找到一把大刀。

我無心多看螢幕，又問師長群：「被投進虛擬實境機的輕小說，只有菁英班學生的二十份作品？」

「不知羞恥的零點一喲，汝問這個做什麼？」桓紫音問。

我忽然發覺她腳下的「人椅」換成了一個菁英班的男學生。

「他好像是我們之前體驗過、開頭是妹妹叫哥哥起床的妹系小說作者。」沁芷柔偷偷向我道：「桓紫音老師對他寫出這種不知羞恥的小說，非常不滿。」

總之就是遷怒吧？我在心裡默默對那男生道歉了三遍。

我將注意力轉回正題上，視線在師長群裡游移，桓紫音肯定懶得處理雜事，那大概就是這些人負責虛擬實境機的。

「菁英班的作品，是我投進去的。」終於，學務主任看向我，開口道：「作文簿扔進去就會被虛擬實境機吃掉，我扔進去前曾粗略檢查，小說有二十一份，好像其中一個人交了兩份。」

「……誰交了兩份？」我追問。

「我忘了，大家的輕小說都疊在一起。」學務主任聳了聳肩，「我只留意有沒有非菁英班的輕小說混進去。」

……原來如此。

確實，沒有限定只能寫一部輕小說投進虛擬實境機內。

也就是說，有人除了比賽用的妹系輕小說外，還額外交了一份《早餐少女》作

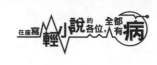

品給學務主任。

那個人……會是晨曦嗎？

如果是的話，她這樣做的用意是什麼？

不，先別關心多餘的事。

我想見到晨曦，除此之外，其餘的事可以全拋開不談。

——重點是，假設將《早餐少女》上繳的人是晨曦的話，那她絕對就是菁英班其中一員，不然學務主任在粗略檢查時，就會發現有陌生學生的作品。

再假設，晨曦是女孩子，那麼……人選範圍就非常小。

我深深吸了一口氣，目光在菁英班學生中，一個一個望過去。

十五男，五女。

這是菁英班成員的男女比例。輕小說本來就是男性向居多，男性比例會較多，並不讓人意外。

全身罩在黑袍下的幻櫻、正露出感興趣目光望著勇者鬥惡龍虛擬實境的沁芷柔、未到場的風鈴。

除此之外，還有兩個看起來相當文靜的女孩。

也就是說……或許，晨曦，就藏在這五人之中！

我的呼吸急促，思念飛轉，這是很有可能的推論。

哪怕是知曉晨曦存在的幻櫻，我也不認為她會瞭解晨曦的出道作是什麼，並能完美複製出來。能交出《早餐少女》的學生，就算不是晨曦本人，也必然跟晨曦有極深的關聯存在。

在我看來，每個人都嫌疑重大。

沁芷柔之前在《早餐少女》虛擬實境中，雖然表現得像是初次體驗故事，但她身為設定系少女，擅長扮演其他角色，必須把演技的可能性也考慮進去——加上沁芷柔之前聽見「晨曦」這個名字有特殊反應，或許她才是最可疑的人。

我正細細思索時，桓紫音忽然像是想起什麼，一拍手掌，吸引了所有人的注意力。

「愚蠢的眷屬們喲，沉靜汝等的心靈，聽吾一言。」桓紫音說到這，語調放緩、擠眉弄眼，似乎正嘗試擺出極其神祕的表情，吸引我們的注意力。

「當初二十臺虛擬實境機下面還壓著一封信件，吾之所以邀汝等前來參加黑暗儀式的洗禮……有一半也是為了宣布信件內容。」

我正為晨曦的事心亂不已，甚至不想吐槽「黑暗儀式」這種聽起來會引來高五等怪物的用詞。但桓紫音裝模作樣的表現成功吸引了我，我忍不住向她瞧去。

「……」包含我在內，所有人都望著她。站在桓紫音身後的師長群，也都是一臉問號，看來他們也不知情，信件內容只有桓紫音看過。

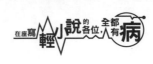

既然如此……應該也不是很重要的事吧？

「我看看……啊，有了有了。」桓紫音從黑色薄外套的口袋裡掏出了信件，隨手拋給身後的校長。

校長連忙接住，接著在桓紫音的示意下，他把信件展開，大聲讀了出來。

「為了一年後的正式比賽做準備，每個月最後一天，將由晶星人做為裁判，進行學校與學校之間的輕小說攻防模擬戰。模擬戰的規模，會隨著逼近正式比賽變得更加盛大。」

一聽之下，菁英班學生臉上都露出緊張之色。我明白他們為什麼緊張，如果信件內容真實的話，就得提早與其餘五所學校進行碰撞！

校長繼續讀了下去：「第一次進行的月模擬戰，依各校入學錄取分數暫定學院之間的名次，錄取難度最高的A高中為暫定排行第一，B高中為第二、D高中為第三、E高中為第四、C高中為第五……Y高中排名最後。

「每次只能挑戰比自己學校高一名的敵校，如Y高中只能挑戰C高中。

「月模擬戰將六所高中劃為三個賽區，一二名為第一賽區，三四名為第二賽區，五六名為第三賽區，採取淘汰賽制。如第三賽區排行最後的Y高中，向高一名次的C高中挑戰成功，將奪取第五名的位置，若是得勝就能不斷往上挑戰，就算直接成為第一名，也是有可能的。

「當月敗過一次的學校，無法再主動發起向上挑戰，只能被動接受底下學校的挑戰。

「附註：由於人類的棋類有卒殺帥的有趣規矩，每三個月，排名最後的吊車尾學校將獲得一次不受限制的挑戰權，能夠直接挑戰第一名；假若吊車尾戰勝第一名，雙方排名互換。

「在第一次的月模擬戰決出正式排名後，各校即按排行獲取物資——物資包括營養品、眾多高科技教學道具，將大大影響各學院間的輕小說戰力。」

校長帶著老人斑的正臉，忽然變得難看起來，「諸位同仁……底下列出了清單，月模擬戰第一名的學校，除了多出各種稀奇古怪的輕小說道具能夠使用外……飲食方面，連燕窩、龍蝦、魚翅、魚翅這種奢侈品都應有盡有……可以說是什麼也不缺。

「排名越後的學校，資源就越少……尤其是最後幾名，簡直少得誇張！我們學校現居倒數第二，雖然配給食物少，但還勉強夠吃，可是……可是如果我們輸給Y高中，就會成為最後一名……而最後一名，每天只有八十斤白米的食物配額。」

講到這裡，校長臉色發青，說話時中氣嚴重不足，顫聲問道：「這、這麼重要的事，妳為什麼現在才跟我們說？如果早點知道，為了避免戰敗的後果，我早就已經展開嚴格的食物控管！」

校長是在問桓紫音。

「呼呼……吾只能在黑夜出沒，白天會陷入沉眠。」桓紫音雙手一攤，擺出無所謂的樣子，「再說，這不是讓汝等知道了嗎？吾身為玫瑰皇女，沒有向下屬通報事情的義務。」

好個沒有義務。

「……」眾人無語地盯著她，礙於她目前統治者的身分又不能發作。

但事實很快證明，太過集中的責難目光，連中二病末期患者都無法承受。

「大家幹麼都盯著吾看？不滿吾嗎！」桓紫音微怒。

眾人又是沉默。

桓紫音哼了一聲，問道：「吾當初沒看得太仔細。除了八十斤白米，最後一名的學校還有分配什麼東西？」

「沒了。」校長朝我們一展紙條，如實道：「上面就寫這樣。」

「……我們學校足足有一千多人，如果輸了一場落到最後，一天只有八十斤白米的配額，豈不是要餓壞一堆學生？」某位老師皺眉提問。

那老師很快掐著手指計算道：「一斤白米大概可以煮出九碗左右的白飯，八十斤……也就是七百二十碗飯。

「而我們學校有一千四百多位學生，加上師長人數逼近一千五百，這樣子的食物量，就連每天讓每人吃一碗飯，都還遠遠不足。」

眾人皆是默然。那異樣的沉默，讓我不禁打了個寒顫。

——在座的不是師長就是前二十名的菁英班學生，肯定都是聰明人，我知道大家都想到了同一個點上。

Y高中身為此時的最後一名，前來挑戰時，必定是抱著非贏不可的決心。

一旦我們輸了，後果不堪設想。

……學校原本的儲藏很快就會吃光，如果學校本身是最後一名，在資源不足的情況下，有限的食物會集中分配給哪些人享用，可想而知。

為了避免下次的月模擬戰中再次失敗，陷入惡性循環，學校肯定會集中僅有的資源培養少數幾位菁英，強化高端戰力。

而一個月裡會餓壞多少人……吃不飽的部分學生會因飢餓發起怎麼樣的抗爭，光是想像，就讓人不由自主發顫。

這讓我想起了撲克牌的一種玩法——國王遊戲。

國王從所有人那邊拿取資源，貴族從騎士以下的玩家掠奪所需，騎士壓榨農民，而農民只能淪為被層層剝削的可憐蟲。

所以農民的勝算是最低的，而國王往往能一贏再贏，以資源滾起資源，將底下的人壓到翻不了身。

我閉目，將剛剛聽到的訊息咀嚼、消化——

每個月最後一天，舉行學校與學校之間的模擬戰。

模擬戰將決出學校排行，名次越好的學校拿到的資源越多，加上晶星人配給的各種高科技儀器，也更容易取得輕小說的進步。我已經親身體驗過輕小說虛擬實境機，確實是不得了的好東西。

每隔三個月，排名最後的吊車尾學校，能以類似農奴的墊底身分，挑戰一次身為「王」的第一名學校！如果農奴戰勝了王，就能夠坐上王座，而原本的王……則會落到吊車尾的位置。

越想越是可怕。

晶星人設立這樣的制度，不啻於是進一步強化各校間的敵對意識——背後隱藏的惡意更不止如此，如果學校長久排名墊底，在糧食短缺的情況下，甚至會引起瘋狂的內部爭鬥！

這麼重大的消息，直到最後一刻，才被C高中的人後知後覺地明白。

少數人甚至以厭惡的目光，狠狠瞪視桓紫音。

「哼，看什麼看，收回汝等無禮的視線！」雖然中二病的臉皮厚如城牆，這時桓紫音也略顯尷尬，「眷屬唷，回答吾，今天是幾月幾號？」

「六月三十。」校長鐵青著臉回答：「一個月的最後一天！如果信上說的是真的，今天就會舉行比賽！」

「咕，那又如何？」桓紫音不屑地道：「現在時間這麼晚了，想想之前看到的影片，說不定晶星人被女王打傻了，早就遺忘這件事……」

她一句話還沒說完，彷彿刻意要與桓紫音唱反調般，極為巨大的噴氣聲，自外面高空處傳來。

「轟隆轟隆」的聲音自外頭響起。

我與幾位比較接近學務處門口的學生搶出門外，下一瞬間，我發現四周眾人都是瞳孔凝縮。

說曹操，曹操到。

在眾人吃驚的視線中，一艘如汽車般大小的迷你飛碟，赫然出現在C高中建築物的正上方。

堪稱噩耗的不速之客，在C高中菁英班學生剛得知重大消息的這一刻，洶洶來襲。

這時天色早已暗下，迷你飛碟發出粲然奪目的五色光芒，自高空中緩緩降下，似乎打算像之前的巨大飛碟一樣，停在教學大樓前的廣場。

噴氣聲越來越大，幾十位吃過飯後、似乎正準備前往舊校舍盥洗休息的學生被吸引過來，圍在廣場不遠處大聲議論。

隨著「咻」的尖銳熄火聲，迷你飛碟在眾目睽睽之下，停落在廣場正中間。

「……」

迷你飛碟的艙門打開了，由於飛碟相當窄小，裡頭的人直接一步跨出。首先走出艙門的，是一名穿著紅色制服外套的高瘦學生。我們自學務處二樓望下，離他直線距離並不遠，我看清了他的樣子。

這人目測接近一百八十公分，外表俊秀，有著一頭凌亂但不失有型、顏色略近於咖啡色的頭髮，給人第一印象是近乎漂亮的美男子……再仔細一看，他顧盼之間充滿了自信，嘴角滿不在乎地微微上翹，似乎對眼前的敵校毫不在意。

紅色制服外套……那是Y高中的制服。

確實，按照月模擬戰的規則，現在Y高中只能挑戰排行倒數第二的我們。

並且，為了不讓學校裡有人餓壞，他們這一戰非贏不可。

「這裡就是C高中嗎？」美男子打量周遭，語氣平常到就像聊天，沒有半點身處敵陣的緊張。

在他之後，又有三人走下飛碟，卻都不是Y高中的學生，而是奇裝異服的晶星人。

自認高等物種的晶星人站在他身後，雖然都擺出不可一世的嘴臉，但與美男子淡然自若的表現相比，就像一群不入流的隨從。

沒有人再走下飛碟。

其他Y高中的代表呢？照理來說，應該派三名代表過來作戰吧？我心想。

「……是他。」這時，我聽見身後的人傳出低語，聲音十分凝重。

我扭頭往後一看，發話的人竟然是桓紫音。

沁芷柔跟幻櫻早在之前就走到我身旁，倚著走廊欄杆眺望飛碟，她們聽到這句話後，也向桓紫音看去。

就算桓紫音發現自己遺漏一封十分重要的信，也是馬馬虎虎打混過去，甚至面對眾人的敵意，也堅持著自身中二病的設定，一直驕傲以對眾人。

可以說，她展露如此凝重的態度……這還是第一次。

桓紫音以手掌遮住了左眼，右眼紅眸對準Y高中的美男子，大概在測量戰力。

「他是誰？」我話剛出口，猛然憶起之前桓紫音曾經說過的話，驟然一驚。

之前桓紫音曾經說過——Y高中有個怪物君，寫作實力強到一個不可思議的境界，現階段各校恐怕無人可敵。

難道……

「是的。」桓紫音的話裡有令人無法忽視的鄭重，她緩緩道：「他就是怪物君。

「就算此刻我們匯集了菁英班學生……恐怕也……恐怕也……」

桓紫音話停了又說，說了又停，始終沒有把話說完，甚至連中二病的口氣都有所收斂。但哪怕她話沒說完，見到孤身前來、似乎打算一人戰一校的怪物君，沒有人傻到開口追問。

——恐怕也不是他的對手。

聽出弦外之音後，我一凜。

桓紫音統治C高中的舉止、自稱C高中最強的行徑，已經近乎傲慢，能使她產生這種想法，怪物君的真正實力……究竟有多強!?

在怪物君與三名晶星人走下飛碟後，他打了個哈欠，緊接著……將視線投向站在二樓的我們。

然後他朝我們點了點頭，露出一個好看的微笑。

「據我推測，你們一定在想……Y高中身為錄取分數最低的學校，被排為吊車尾，糧食問題已經面臨絕境，為什麼只派我一個人來，其餘兩個代表呢？」

他遙遙向我們發話，並等了一下，見我們沒有回應，繼續道：「這其實是顯而易見的事——要擊敗你們這些傢伙，不需要多餘的代表，我一人……足矣！

「對了，其實你們可以直接認輸，避免被我打擊自信。」

……何等狂妄！

無視自己身處重重包圍的劣勢，他不但不懼，如烈焰般的氣勢反而更熾，直接道出了勝利宣言。

他那幾乎滿溢而出的自信，究竟從何而來？我感到震驚，他竟然隨時都跟我處於「虛張聲勢大笑」狀態時一樣囂張！

「你這混帳說什麼呢，瞧不起C高中嗎！」

「區區Y高中也來撒野！」

「再說小心我們揍你啊——」

之前在教學大樓廣場附近的學生，有不少脾氣暴躁的男學生出聲喝罵。

怪物君聞言，露出好奇之色，轉頭看去，手指在半空中點來點去，不知道在做些什麼。

「我想，晶星人當然會禁止學校之間使用肢體暴力，那違背了他們的宗旨。」他笑著道：「不過我數清了，你們只有十六個人呢，人太少了，不夠我打。如果非要打架的話，加十倍的人……不，五十倍的人再過來吧。」

他說完後，聳了聳肩，不再理會場邊學生的叫囂，一派悠哉。

彷彿特地在等怪物君的開場白說完般，晶星人終於有了動作，其中一個晶星人從口袋中掏出一粒白色骰子，接著撒在地面一滾，骰子立刻充氣變大，變成了一棟有門戶的正方形房間。又是從來沒見過的高科技道具。

晶星人在這時高喊出聲，呼喚我們下樓。

難道這骰子房間是比賽道具嗎？寫輕小說耗時長久，又到底是怎麼個比法？我能看出眾人都有這樣的疑問，但當然沒人答得上來。

「……」

聽到晶星人的催促下樓聲，菁英班二十名學生與師長群，每個人都緊張到進入沉默狀態，在桓紫音的帶領下，依序魚貫下樓。

在步行中，我無意轉過頭，一望站在廣場正中央的Y高中輕小說代表，怪物君。

……我們打算下樓比賽的舉動，落入他的眼中，他卻是輕笑，笑得雲淡風輕。

他的嘴脣微微一動，似乎低語了幾個字，由於距離過遠，話聲沒能傳入我的耳中。

我記住了他說話時的脣形，一邊走一邊思考，在走出教學大樓、臨近晶星人與怪物君時，終於想明白他的話語內容。

……簡短的四個字。

「愚昧之徒。」

後記

大家好，我是甜咖啡。

距離上次出實體書已經過了好一陣子，久到對於出書有種新鮮感；但比起新鮮感，期待以文字與大家會面的心情，則更加強烈。

在這裡必須對一直支持咖啡的讀者致上由衷的感謝，有你們才有今天的甜咖啡，我能做到的就是寫出更好的書回報大家，相信這本書也不會讓大家失望。

這本小說的標題創意，翻改自我在巴哈英雄聯盟板寫的小說《在座玩ＬＯＬ的各位，全都有病》。當然那裡寫的作品只是練習用的隨筆之作，不過這名字十分有趣，所以就把標題稍作變化沿用了下來。

當然也如標題，這本書裡大部分的角色或多或少都有著自己病的一面。柳天雲這個獨行俠碰到危急情況會大笑；詐欺師幻櫻表面上不讓弟子一號對自己無禮，私底下又期待培養出一個能騙倒自己的徒弟；沁芷柔喜歡扮演自己輕小說中的人物。

越會寫小說的人，獨特的那一面就越怪——我一直是這麼認為的，所以這部小說裡面的輕小說高手都非常怪。

Y高中的輕小說高手是咖啡前作裡的一個角色，眼尖的讀者應該能認出是哪位，算是一個驚喜彩蛋。

大家喜歡這本書的話，有空可以加入咖啡的FB粉絲團：

facebook.com/8523as

後記的最後，必須特別提一下編輯，他真的是個很熱心的好人，咖啡非常謝謝他。

那麼，我們第二集再見。

甜咖啡

國家圖書館出版品預行編目資料

在座寫輕小說的各位，全都有病1 / 甜咖啡 作.
一初版. 一臺北市：尖端出版, 2015.11
冊 ； 公分
ISBN 978-957-10-6239-6(平裝)

857.7　　　104019546

浮文字

在座寫輕小說的各位，全都有病1

著　　者／甜咖啡　繪　　者／手刀葉
執 行 長／陳君平　美術總監／沙雲佩　國際版權／黃令歡、梁名儀
榮譽發行人／黃鎮隆　美術編輯／方品舒　企劃宣傳／陳品萱
協　　理／洪琇菁　執行編輯／陳昭燕
總 編 輯／呂尚燁　內文排版／謝青秀
出　　版／城邦文化事業股份有限公司 尖端出版
台北市中山區民生東路二段一四一號十樓
電話：（〇二）二五〇〇—七六〇〇
傳真：（〇二）二五〇〇—二六八三
E-mail: 7novels@mail2.spp.com.tw
發　　行／英屬蓋曼群島商家庭傳媒股份有限公司城邦分公司 尖端出版
台北市中山區民生東路二段一四一號十樓
電話：（〇二）二五〇〇—七六〇〇（代表號）
傳真：（〇二）二五〇〇—一九七九
中彰投以北經銷／楨彥有限公司（含宜花東）
電話：（〇二）八九一九—三三六九
傳真：（〇二）八九一四—五五二四
雲嘉以南／智豐圖書有限公司
（嘉義公司）電話：（〇五）二三三—三八五二
傳真：（〇五）二三三—三八六三
（高雄公司）電話：（〇七）三七三—〇〇七九
傳真：（〇七）三七三—〇〇八七
香港經銷／一代匯集
香港九龍旺角塘尾道六十四號龍駒企業大廈十樓B&D室
電話：（八五二）二七八三—八一〇二
傳真：（八五二）二七八二—一五二九
新馬經銷／城邦（馬新）出版集團 Cite（M）Sdn. Bhd.
E-mail: cite@cite.com.my
法律顧問／王子文律師　元禾法律事務所
台北市羅斯福路三段三十七號十五樓
二〇一五年十一月一版一刷
二〇二三年七月一版十三刷

郵購注意事項：
1.填妥劃撥單資料：帳號：50003021戶名：英屬蓋曼群島商家庭傳媒(股)公司城邦分公司。2.通信欄內註明訂購書名與冊數。3.劃撥金額低於500元，請加附掛號郵資50元。如劃撥日起 10～14日，仍未收到書時，請洽劃撥組。劃撥專線TEL：(03)312-4212 ・ FAX：(03)322-4621。E-mail：marketing@spp.com.tw